*Mitsuru Yuki*
結城光流——著
涂愫芸——譯

# 大陰陽師安倍晴明

## 我將顛覆天命

我、天命を覆す

陰陽師・安倍晴明

有條生前不能渡過的河川。
有條身後方能渡過的河川。
那是邊界之河。
河的那邊是彼岸，河的這邊是此岸。
位於彼岸的冥府，
是靈魂為了再次輪迴轉世，非去不可的地方。
人終有一天要渡過那條河川。

那麼，
活在人類與變形怪之間的人，究竟能不能渡河呢？
是否，
會被視為非人類，拒於門外，像變形怪那般徘徊在萬劫不復的黑暗中？

# 1

小宅院的家具一應俱全，雖不豪華但素淨高雅，與不算高貴的身分相稱。

公子瞧不起地看著那些家具，開口說：

「小姐，我是誠心誠意的。我會給妳這個國家……不，是這世上最大的幸福。」

房間被兩座屏風區隔開。屏風前點著燈，燈火嫋嫋搖曳，女孩躲在屏風裡的身影也在牆上幢幢躍動。

一直焚著香而沾滿香氣的房間，飄蕩著甘甜的香味。

「可以答應我嗎？小姐……」公子稍作停頓。「妳點著我送的香……我是不是可以當作妳已經接納了我呢？」

女孩沒有答覆。

公子又自顧自接著說。

「葵祭①快到了，妳老是窩在家裡，對身體不好，去看看祭典吧！」

公子說著，瞇起了眼睛。

「想必美不勝收，小姐也可以穿著華麗的衣裳出門……如果不想跟我一起去，就一個人去吧！欣賞美好的事物，心情會跟著開朗起來，說不定想法也會改變。」

一個深呼吸後，公子又補上一句：

「或者，也說不定會察覺自己的命運。」
屏風後響起衣服的摩擦聲。
聽到屏風後的微弱聲音，公子開心地點著頭說：
「是的，就是小姐出生前已經注定的命運。」
「……命運……？」
「有那種東西嗎……」
公子打斷她氣若游絲的話，肯定地說：
「有，那是向天發誓絕不違背，烙印在生命裡的定數。」
公子的深色眼眸，在瞇起的眼睛深處閃耀著詭異的光芒。
「是的，小姐，這樣的定數就是所謂的天命。」
說著說著，公子就要把手伸向屏風，但聽到有腳步聲靠近而放棄了。
公子起身告辭。
在他離開後，響起了虛弱的喃喃自語聲。
「……天命……」
女孩雙手掩面，無力地搖著頭。

①葵祭又稱賀茂祭，是上賀茂神社與下鴨神社在每年五月十五日舉辦的例祭，與七月的祇園祭、十月的時代祭並稱京都三大祭典。

她早就知道了，天命已經注定。

所以，她絕對不可能嫁給那個公子。

「我……已經……」

冥冥中自有定數，逃不掉了。

✦　✦　✦

忽然，花香隨著風飄進來。

「晴明——」

木門悄然打開，從門外傳來鈴鐺般的妖豔聲音。

叫喚的是自己的名字沒錯，但晴明不想回應。

他假裝沒聽見，藉著燈台的光線翻閱書籍，燈火卻突然熄滅。

他不悅地咂咂嘴。伴著花香的衣服輕柔地滑行，停在他身旁。

他不討厭花，但也不是特別喜歡。不排斥淡淡的香味，對濃烈的香味卻幾乎可以說是厭惡。

在沒有燈火的黑暗中，散發著花香的纖細肢體依偎在他身上。

透過衣服，也能感覺到她的體溫。暖暖的氣息，拂過脖子。

晴明嘆口氣，把手伸向女人的下巴。

身體與心靈真是截然不同的兩種東西呢！晴明這麼暗自嘀咕，拍拍額頭。

眼睛適應黑暗後，沒有燈光也看得出物體的輪廓。

女人的頭髮比身高還長，纏繞著他冒汗的手臂和胸口，很不舒服。

他慵懶地瞄了女人一眼。

不管是翻雲覆雨的時候，還是這樣躺著的時候，他們都不太交談。女人背向他，彎曲起伏的頭髮黏在脖子和背上。

幾乎可以稱為萬丈深淵的黑暗，把女人的肌膚襯托得更加白皙。

晴明自嘲地揚起一邊嘴角。

身體好倦、好沉。每次跟這個女人有過肌膚之親就會這樣，而且是一次比一次嚴重。

他知道原因。女人性屬陰，交媾後，無論如何都會奪走他的精氣。

然而他卻沒有拒絕，因為沒有理由拒絕。

他對生命沒有執著，覺得這樣精氣被吸光而身亡，也是一種樂趣。

但事與願違，他還活著，沒有半點生命快要終結的徵兆。很遺憾，看來自己的身體比想像中強壯多了。

以這樣的方式死去，是什麼感覺呢？如果說不想知道，是騙人的。但也不是現在馬上就想嘗試，有機會時再試就行了。

只是這樣而已。

「……被吸光啊……」

晴明喃喃自語著，忽然想起了異國的傳說。

隔著大海，在那片大陸的最深處，看不見盡頭的道路遠方，傳說有個妖魔會吸光人類的生命。他只知道那個妖魔可怕得超乎想像，沒那麼容易殲滅，是否真的存在，就不得而知了。不過，既然有這樣的傳說，應該不會是空穴來風。這世上沒有不死的存在，不管人或妖，甚至於神，都逃不過死亡。那麼，就應該有什麼方法可以徹底消滅那個妖魔。

「……」

可是，晴明想到這裡就放棄了。

想出辦法又如何？只是浪費時間。

分不清是睡意漸濃，還是意識逐漸模糊了。

身旁的女人文風不動，感覺連呼吸都沒有。他只聽見自己的心跳和呼吸聲。

他還寧可女人的肌膚冷得像冰雪，這樣可能會有趣一點，事實卻不然。女人的體溫較低，只是肉體接觸到夜間空氣的緣故。

陰曆五月的天氣已經沒有寒意。

再說，晴明也沒有義務關心她。於是他閉上眼睛，陷入深淵般的黑暗中。

明天要早起。突如其來的訪客，攪亂了他的行程。

進宮前他還有事要做，很煩人的事，但不能不做。

在宮中任職也很煩人，但也不能不去。

還有個男人比工作更難纏，不知道有沒有辦法對付他？

這些散漫的思緒，沒多久便沉入了黑暗水底般的地方。

◇ ◇ ◇

就是他？

對，就是那個男人。

聽說他身上流著異形的血。

異形？

有人說是狐狸。

狐狸。

可是怎麼看都像人啊！

外表是人，真正是怎麼樣就不知道了。

只是裝成人的樣子吧？

狐狸愛怎麼變就怎麼變。

小心點。

小心點。

小心安倍晴明。

他是怪物的孩子——

從皇宮到家裡的距離不是很遠，慢慢走也花不到一個時辰。

他手上拎著布包，裡面是紙張和裝著水的竹筒。水是從京城郊外汲來的泉水，沒有這些水就無法進行今天的工作。

一早太陽還沒升起，他就起床了，丟下看似熟睡的女人，整裝出門。反正回來時，女人自然會消失不見。

汲完水時，天已經亮了。他直接去了皇宮，所以今天睡眠不足。昨晚的翻雲覆雨也有影響，身體很重，慢慢地，好像越來越難復元了。

靠意志力撐著在書庫裡工作時，他聽到有人在牆的另一邊說話。

想起聽不出是誰的好幾個聲音在交談的內容，他冷冷地吐出一句話：

「這種事還有什麼好聊的……」

他百分之百承認自己是妖怪。

因為他身上有一半是狐狸的血，的確是不折不扣的「非人類」。

他站在門前，嘆了一口氣。

坦白說，那些閒言閒語並沒有傷害到他，只是讓他覺得不勝其擾。

從他懂事以來，一直聽到現在十多年了，早就習慣了。

在他還是嬰兒時就突然失蹤的母親，確實是異形，所以他不能否認，也不想否認。

小時候，他會問父親，母親是什麼樣的人，每次父親的表情都很悲傷，真的太悲傷了，所以他漸漸知道，那是不該問的事。

父親在阿倍野結了草庵，現在住在那裡。

晴明十五歲行象徵成人的元服禮後，父親經過深思熟慮，做了這樣的決定。

——我要一個人生活，你也一個人努力看看吧！

說完，父親就去了阿倍野，留下晴明啞然目送著他離開。

父親不是不愛他，從小到現在，都對他呵護備至。

每年父親都會回來好幾次。沒先通知就突然跑回來，住幾天後，又突然跑回阿倍野。

幾天前也突然回來，住了三天，又回去了。

他一個人生活快五年了。從一開始就不怎麼覺得寂寞，還算過得去。

父親回來似乎都是為了看他過得好不好，還是很關心他。有時他會想，既然關心他，為什麼要搬去阿倍野？但他從來沒問過。問了也不能怎麼樣，所以沒必要問。

他鑽過大門，穿越籬笆。每次都是沒有人的家，平靜地迎接他。

今天卻不一樣。

從走廊走到最裡面的自己的房間，拉開木門，就看到陽光從他出門時開著沒關的板窗照進房內。

晴明停下腳步。

鋪在房間邊緣的褥墊上，有隆起如人形的外褂，上面披瀉著彎曲起伏的烏黑長髮。

「啊，晴明……」

美女緩緩翻身，目光流盼，他卻毫不動心地說：

「妳還在啊？」

女人掩著嘴，戲謔地笑了起來。

「你好冷漠……昨晚只是逢場作戲嗎？」

「就是那樣，妳快走吧！」

被這麼無情對待的女人臉上堆著笑，目光卻帶著厲色。

「我是安慰孤枕難眠的你，你把這分恩情當成什麼了？」

他聳聳肩說：

「到底是誰安慰誰呢？我曉得妳是異形變成的女人，也不會害怕，妳是知道這樣才來找我的吧？」

女人抹去了臉上的笑容。

她猛然站起來，合攏胸口敞開的單衣，用力拉扯衣服下襬。像絲綢般滑順的長髮，烏黑亮麗。

「說話小心點，不要不知好歹。」

從敞開的木門走到外廊上後，女人就輕飄飄地飛起來，消失在黑暗中。

晴明板著臉目送她離去時，從板窗後面蹦出了幾個身影。

「真是的……晴明，你跟不得了的傢伙上了床呢！」

「居然沒被殺。」

「我們雖然跟那女人同類，也有點怕她呢！」

晴明冷冷看著你一言我一語的小妖們，簡短扼要地說：

「你們也快滾。」

小妖們互相看了看，落寞地走出去了。

恢復寧靜的家，終於只剩下他一個人。

安倍晴明身上流著異形的血。

可能是因為這樣吧，經常有異形在他家出入。

只是出入也就罷了，麻煩的是有些會找他當顧問，有些會故意找碴糾纏，有些會把他當成一夜情的情夫。

那個女人也是其中之一，在他快遺忘時，又悄悄鑽進了他的被窩。

她雖是異形，卻不是死靈。真要歸類，應該是比較接近神的存在。小妖們不敢說太多，但是從它們零星片段的話，可以拼湊出這樣的猜測。

晴明對她既沒有感情也沒有愛情，勉強來說，只有憐憫與同情。

她絕對不會說出來，但晴明知道，自己只是某人的替身。

意亂情迷時的她，眼睛看到的顯然是自己之外的某人，晴明只是沒有殘酷到當場戳破她而已。

他雖有感情，卻與人類應有的溫暖與關懷相差很遠，散發出冷漠的氛圍，所以沒有人想接近他。

直到現在。

隨便吃過晚餐，正想休息到寅時②，就聽見有人叫門。

「打攪啦！」

正要讓紙做的式③幫自己脫下直衣的晴明停下動作，皺起了眉頭。

人影乍然消失，剪成人形的紙張緩緩飄落。

他還來不及回應，訪客就趴躂趴躂踩著輕快的腳步從走廊過來了。

「哦，找到你了。」

晴明咂著舌整理好衣服，轉向他，咬牙切齒地說：

「我不是跟你說過，不要隨便進來。」

「我是聽見有人回應才進來的。」

「我沒回應。」晴明差點虛脫癱倒。「你知不知道這叫什麼？岦齋。」

榎岦齋看著氣得肩膀顫抖的晴明，愣愣地說：

「叫什麼？」

晴明猛然抬起頭，瞪著岦齋說：

「叫想太多、叫錯聽、叫幻聽、叫誤解！這個家只有我一個人，怎麼可能有其他人回應！」

「不、不，我的確聽見了，就像這樣……」豈齋把兩手分別伸到嘴邊說：「不好意思，請問這是安倍大人府上嗎？是的。請問晴明大人在嗎？在呀。我可以進去嗎？請進請進。打攪啦！就是這樣。」

晴明按著額頭，低聲咒罵：

「全都是你自己說的吧？」

「不是我，是府上的什麼東西或誰的聲音，誠心誠意在幫你回應。」

晴明很想大叫沒有那種東西，也沒有那種人！他開啟全身所有的理性，才壓抑下來。這樣下去，會被豈齋牽著鼻子走。

他努力讓自己平靜下來，慢慢地深呼吸，經過豈齋身邊，走向走廊。

「啊，喂，晴明？」

大步往前走的晴明板著臉說：

「沒辦法，我去拿瓶酒來，請你喝完馬上離開。」

不管晴明的態度有多冷淡，這個男人都不會怎麼樣。即使他發怒，男人也不為所動。

他被這樣糾纏了好幾個月，現在已經進入半認命的狀態。

②古代用子、丑、寅、卯、辰、巳、午、未、申、酉、戌、亥來計算時間，寅時指半夜三點到五點。

③供陰陽師差遣的手下，有用葉子、紙張等東西變出來的式，也有從妖魔鬼怪選出來的式，還有從眾神召喚來的式神，例如十二神將。

岦齋從後面追上晴明，笑嘻嘻地舉起手上的東西說：

「放心吧，我帶下酒菜來了。」

晴明木然瞥他一眼，無奈地嘆了口大氣。

在宮內的陰陽寮工作的晴明，其實還不是陰陽生④。

好幾次被選為候補，他都找理由拒絕了。

師父賀茂忠行覺得很遺憾，但他怕自己不小心學會太多東西，一發不可收拾，再也回不了頭。

現在他也是自學。所有必要的書籍，安倍家都有。而且父親與賀茂師父有往來，所以他從小就拜賀茂忠行為師，基礎知識幾乎都裝進大腦裡了。

岦齋把酒倒進陶杯裡，獨自配著乾沙丁魚喝酒。晴明斜瞪他一眼，面向矮桌磨著墨。

「喂，晴明，你也來一杯吧？」

「不用，我要工作。」

用來磨墨的水是早上汲來的泉水。

兩、三天前，有個貴族拜託他做護符。那個貴族說，如果可能，他想做這樣那樣的護符，晴明把他的希望排列出來，居然多達十幾種。

不但要做到可以隨身攜帶的小尺寸，還要分給全家人。

那位貴族有好幾個妻子、好幾個孩子，雙親也還健在，還要加上侍女、隨護、雜役。數量相當龐大，但答應了就要做。期限是明天中午，在那之前，他要做幾十張護符，沒有時間喝酒。

晴明做的護符非常有效，這樣的風評就跟他身上流著異形之血的事一樣，在貴族社會中廣為流傳。

有些人聽到晴明的傳說覺得很害怕，卻想要他的護符，就會偷偷派人前往，帶去與護符數量相當的謝禮。

對晴明來說，可以收到正當的報酬，沒有必要拒絕。有人委託，他就會做。

這件事傳開後，他幾乎每天都過著做護符的生活。

咻咻揮動毛筆的晴明，瞄一眼堆在旁邊的書籍。

那些都是陰陽術相關的書籍。

師父對晴明關愛有加。晴明不知道如何處理自己的特異能力，是師父教會了他使用方式，在這方面，晴明很感謝他。

但是，晴明並不是很想當陰陽師。

或許他應該專心邁向陰陽道，可是他討厭自己的能力，實在沒什麼意願去靈活運用那種力量。

這種想法也表現在他的工作態度上。該做的事，他都會完成，但絕不多做其他事。

④陰陽寮裡除了獨立的陰陽師，另有陰陽道、天文道、曆道與漏刻道四大類，最高為博士，陰陽生則是學生，其中選成績優秀者做為陰陽師候選人。

他總是獨自工作，時間到了就離開。

所有人都從遠處偷偷看著他這個狐狸之子，想知道長得像人類的他，體內究竟是怎麼樣。甚至有人抱著好玩的心態下賭注，這件事也惹惱了晴明。

他變得討厭與人往來。

這時候卻有個人，滿不在乎地接近不想與人交往的他，那就是現在正悠閒地往陶杯裡倒酒的這個男人。

「喂，晴明，不能喝酒，要不要喝開水？一直寫字很累吧？何不休息一下？」

「……」

握筆的手用力過度，護符上的墨水都暈開了。

晴明深吸一口氣。

平常心，平常心。

「我不是說過我不要嗎？你自己喝夠了就快走吧！岦齋。」

岦齋把陶杯放在地上，站在晴明身旁，合抱起雙臂，露出了佩服的神色。

「你真行呢！不用看資料就可以分別寫出這麼多種類，我得向你看齊。」

榎岦齋是在今年春天從遙遠的南海道⑤而來的，與晴明同年。

在陰陽寮的入寮歡迎會上，晴明一如往常地遠離大家，把酒獨飲。主客之一的岦齋溜出筵席，來到他身旁。

安倍晴明是個擁有超俗絕世的力量，卻不好好修行的怪人。母親是異形，父親在兒子行完元服禮就離開家，遷居到攝津國。

大家喝酒後就變得饒舌，聽到他們的談話，岦齋對晴明產生了興趣。

被稱為「異形之子」的他，外表就像一般人。看他默默喝著酒的模樣，顯然是無聊得發慌，等著時間趕快過去。

岦齋覺得他並不討人厭，就過去跟他打招呼了。

晴明後來一直很後悔，當時為什麼不馬上離開筵席。

那麼做就不會惹來現在這樣的麻煩。

他打起精神繼續做護符，岦齋還是不死心，蹲下來配合他的視線說：

「喂，晴明，明天是假日沒錯吧？」

「──」

晴明不理他，振筆疾書。

「明天是賀茂祭吧？你是在京城出生長大的，應該去看過吧？」

「──」

咻咻咻咻。

「所以帶我去吧！」

⑤律令制下的日本，地方行政劃分為五畿七道，五畿是山城、大和、河內、和泉、攝津五國，七道是東海道、東山道、北路道、山陰道、山陽道、南海道、西海道。

「什麼？」

如行雲流水般寫個不停的筆瞬間靜止。

晴明抬起頭，驚訝得說不出話來。

岦齋雀躍地對他說：

「我很期待賀茂祭呢！在我的家鄉，沒有像賀茂祭這麼大型的祭典，我連想像都無法想像呢！一定很壯觀。」

「等等，我沒說我要去。」晴明板著臉打斷他。「明天我要做完這些送去給委託人。再說，祭典也沒什麼好看的，只有一長排絢麗奪目的遊行隊伍而已。」

岦齋歪著頭問眉頭深鎖的晴明：

「這些要花明天一整天的時間嗎？」

晴明盯著應該專心工作的雙手，粗聲粗氣地回他說：

「明天中午就得送去了。除此之外，我還有其他事要做，沒時間去玩。」

岦齋根本沒在聽。

「這樣哦，那麼做完後再去看祭典也來得及吧？啊，真的好期待。」

岦齋心花怒放地說完就往走廊走去，晴明猛然揪住他的衣領。

「唔！」

被勒得直翻白眼的岦齋，耳邊響起低沉的嘶吼聲。

「等等。」晴明半瞇起眼睛，對邊咳嗽邊轉過身來的男人說：「你有沒有聽見我剛才說什麼？有沒有聽見？有沒有聽見？」

男人按摩著脖子，若無其事地回他說：

「不是明天中午送到就行了嗎？送了之後再去就沒問題啦！」

「我還說『除此之外，我還有其他事要做，沒時間去玩』啊！你的耳朵是用來裝飾的嗎？還是只有洞而已？」

岦齋誇張地攤開雙手說：

「晴明，你想想，一年一次的賀茂祭，你幹嘛那麼悲哀，要窩在家裡做陰沉沉的護符？在燦爛普照的陽光下，欣賞華麗的遊行隊伍，一飽眼福，才是健康又有建設性的選擇吧？而且會很快樂！」

晴明看著說得眼睛發亮的岦齋，顯得很懷疑。

「快樂嗎？」

岦齋握緊拳頭說：

「當然快樂！應該是！」

他連看都沒看過，卻說得自信滿滿。

看到同事充滿期待，眼睛像星星般閃閃發亮，晴明開始擔心，如果不陪他去，很可能會被他埋怨一輩子。

小時候，父親帶晴明去看過幾次葵祭，所以他知道是怎麼回事。

老實說，他不是很想去。

光看是很華麗——光看的話。

「說定了，明天中午我來接你。你要在我來之前把工作做完哦！晴明。」

岦齋豎起手指嚴格地下令，晴明半瞇起了眼睛。

「隨便你……」

反正說什麼都沒用。這個男人超會講話，跟他爭半天，最後還是會不知不覺被他糊弄過去。

晴明無奈地看著意氣飛揚的岦齋離去的背影，深深嘆了一口氣。

◇　◇　◇

「賀茂祭」又名「葵祭」，來參觀的人逐年增加。

擠在路邊看遊行隊伍的京城人群與排成一長隊的牛車都很壯觀。牛車的主人都是貴族家的千金小姐或夫人，從後車簾可以看到她們精心搭配的服裝，鮮豔奪目的色彩，對京城的人來說跟遊行隊伍同樣有趣。

停放牛車的位置，跟身分、家世有很大的關係，所以從排列方式就可以看出上下關係。

藤原家的牛車裝飾得美輪美奐，從布簾看進去的衣服也是光鮮亮麗。

擠在水泄不通的人潮裡，岦齋的步履還是那麼輕盈，晴明卻顯得很疲憊，兩人各走各的。

岦齋家鄉的人口不多，只讓晴明覺得厭煩的擁擠人潮，對他來說很新鮮。

「好多人啊！晴明。」

聽到岦齋的驚嘆，晴明黯然回他說：

「是啊，已經享受完人潮的擁擠，我要回家了。」

聲音沒有高低起伏，是因為要趕在中午前把護符做完，他只睡了一個時辰。做護符時，必須避開丑時。由於來了不速之客，光子時實在做不完⑥。他從寅時開始寫，一直到天大亮時才終於寫完所有的護符，接著倒頭就睡。

將近午時，岦齋的聲音把他叫醒。

正面的木門上了鎖，從庭院走過來的岦齋敲門叫著晴明。

剛開始晴明沒理他，他咚咚邊敲著門，邊大喊：喂、喂！

再也受不了時，晴明才眼神呆滯地爬起來，像要拆了門般用力推開門，很兇地說：

「吵死人了！」

看到太陽穴暴青筋的晴明，岦齋眨眨眼睛說：

「喲，吵醒你了嗎？對不起。」

有誰能責怪剎那間下定決心想殺了岦齋的晴明呢？

⑥子時指深夜十一點到一點，丑時指半夜一點到三點。後文的午時則指上午十一點到下午一點。

結果，把護符送給委託者後，晴明就被岦齋拖來看賀茂祭了。

到目前為止，從來沒有人可以這麼旁若無人地對待晴明。

「喂，有一長排牛車呢！好熱鬧、好熱鬧，果然名不虛傳。」

岦齋語氣興奮地東張西望。晴明正好跟他相反，滿臉不開心。

他覺得很悲哀，不知道自己為什麼要拖著疲憊的身子，擠在這樣的人潮裡。

突然響起「哇」的歡呼聲，人們的眼睛都亮了起來。聚集在道路兩旁的人你推我擠，都想儘可能地鑽到最前面。

隔著一段距離，岦齋指著布簾搖曳的牛車說：

「你看，那輛牛車的布簾動了。」

岦齋指向那裡，叫著「你看、你看」，晴明意興闌珊地瞥了一眼。

他見過那輛牛車。

「是藤原家的牛車。」

「是嗎？哦，是夫人還是千金小姐呢？」

「不知道，深閨的千金小姐只有這種時候才能外出。」

好多年沒有這樣觀賞排列的牛車了。

從他懂事以來，就是跟父親兩人相依為命。

來看葵祭的次數也寥寥可數，第一次來是幾年前呢？

父親牽著他的手，走在擁擠的人群中。過了好一會，父親才把被推來推去的他抱起來，指著牛車給他看。

數不清的人、一長排的牛車，還有裝扮華麗的遊行隊伍。

被這股氣勢壓倒的小孩不但不覺得漂亮，還對不習慣的人潮產生了恐懼。

看到大家都在笑，他感到很訝異，心想他們為什麼可以笑成那樣？這個疑惑直到現在都還埋在他心底。

「藤原家的人可以選擇最好的位置觀賞遊行，真是好命吶！」

晴明冷冷地說。

只因為生在大貴族家，就可以無所事事，過著遠超過市井小民的優渥生活。

人光是出身不同，就有這麼大的差別。那是偉大的上天決定的命運，人力無法改變。

豈齋轉頭看著晴明。被這樣緊緊盯著看，晴明困惑地問：

「怎樣？」

「沒……」豈齋欲言又止，眨眨眼睛說：「我在想，原來你也會說這種話。」

晴明聽不出他話中的含意，眉頭皺得更深了。

豈齋彈一下他的額頭，露齒笑著說：

「你離群索居太久啦！晴明。偶爾回來這樣的俗世，說說人話，不也是一種心情的調劑嗎？」

晴明看著這個講話不經大腦的男人，就像看著完全不同次元的生物。

豈齋察覺到他的視線，也難得半瞇起眼睛說：

「幹嘛這樣看我？好像把我當成什麼異次元的生物。」
晴明面無表情地眨了眨眼睛。
他心想，這傢伙居然猜得分毫不差，也太厲害了。
陰陽寮的人，不，是皇宮裡所有人都是從遠處看著晴明，絕不靠近他。
因為一旦跟他扯上了關係，不知道會發生什麼事。
尤其是心裡有鬼的人。
譬如，想排擠政敵的人、真的已經下手的人，或是自己沒動手但借用術士之力下了詛咒的人。
只要去找，就可以找出很多這樣的人——皇宮是群魔亂舞之地。
晴明嘆了一口氣。
好多張喧鬧、笑開懷的面孔。這些來看祭典的人都只顧著自己，不知道這裡有個可疑的人，流著一半的異形之血，搞不清是怪物還是人類。
如果在這種地方公開晴明的身分，大家會怎麼對待他呢？
對於狐狸之子、異端的存在、跟自己不同的生物，人們會忌諱、排斥。
「我根本不想進宮工作……」
可是父親希望他去，師父也勸他去。
父親就不用說了，師父也把他當成一般的孩子對待。
從小失去母親，再加上這樣的出身，使得晴明比其他小孩都冷靜，敏銳得可怕。師父都知道，卻還是把他當成不懂事的孩子。不是低估他，只是純粹把他當成一個孩子來看待，就像對其他孩子一樣。

師父表裡如一，沒有半點虛假，逐漸融化了他頑強的心。

「晴明。」

叫喚聲把晴明拉回了現實。

「有賣烤魚呢！要不要吃？」

岦齋站在稍遠處指著烤魚。

心情紛亂的晴明瞇起了眼睛。

「晴明」這個名字，是五年多前才開始叫的。

在他行元服禮前，大家不是叫他童子，就是叫他安倍小公子。

連師父在他小時候，都沒叫過他「晴明」。

師父與晴明的父親是舊識，也認識晴明的母親。

母親葛葉的模樣，還隱約留在晴明記憶中。但真的很模糊，完全看不出清楚的輪廓。

晴明有個渺小的願望。雖然渺小，卻很沉重、很難實現。

可能一輩子都不會說出口，也可能永遠不會實現的願望，埋藏在他心底深處，偶爾會像沉落水底的水晶碎片般閃爍一下，宣示它的存在。

「晴明，給你。」

眼前突然冒出一根熱騰騰的烤香魚串。

晴明微微向後仰，斜瞪著岦齋。

「好危險。」

「不要挑毛病嘛！拿去，很好吃哦！」

大口咬住香魚肚子的岦齋笑得很燦爛。

晴明嘆口氣，接過烤香魚串。

咬一口試試，還真的很好吃，剛烤好，鹹度又恰到好處。吃下去才想到，自己還餓著肚子。

回想起來，從早上到現在只喝了水，因為寫護符時要儘可能齋戒淨身。

晴明二話不說就把香魚啃光了，岦齋滿意地看著他。

那股視線讓晴明渾身不舒服，他還不習慣被人這樣盯著看。

「怎樣？」

「吃不夠的話，那邊還在烤呢！還是要吃烤糒糬或粽子？」

沒看到甜食是有點遺憾，不過也無所謂啦！

岦齋說著哈哈大笑往前走，晴明望著他的背影，嘆了口氣。

每次跟這個人在一起，步調就會大亂，攪得他束手無策，只有一個累字。

步調大亂也就罷了，最讓晴明受不了的是，最後還是會原諒岦齋的自己。

根據小妖們的說法，是二十歲以後的安倍家公子稍微變得圓滑了。

他沒有這樣的自覺，也不同意小妖們的說法，不過最教人生氣的是，他發現事實的確如此。

跟人太接近是很危險的事。他的身體介於人與妖之間，不管跟人或妖太過接近，都會破壞剃刀邊緣的均衡。

現在跟那個女人太過接近的晴明，已經站在離彼岸不遠的地方，正漸漸跨入妖的領域。

活人不能去彼岸，要沒了生命時才能渡河。

而妖會奪走人的性命。

這是他與生俱來的宿命。

見遊行的人潮愈來愈洶湧，晴明下定決心要回家，於是開始尋找岦齋。

他怕悶不吭聲地離開，事後可能被唸到臭頭，最好還是說一聲再走，做做樣子也好。

「岦齋……？」

晴明停下腳步。

脖子突然有種麻刺的感覺。

「……」

他把手伸到脖子上，視線掃過周遭。

什麼都沒看見，直覺卻告訴他有問題。

麻刺的感覺沒有消失，滑落到背脊上。晴明全身緊繃，表情散發出銳利感。

「怎麼回事……？」

還在東看西瞧的岦齋原以為晴明一直跟在自己後面，現在發現他不見了，急得大叫：「晴明，你在哪裡？」

在人潮中四處張望的他看到一張熟悉的臉。

「啊，找到了！」

他鬆口氣，正要朝晴明走去時，背上忽然掠過一陣寒意。

「這是……」

反射性環視周遭的岦齋立刻進入備戰狀態，直覺敲響了警鐘。

就在他仔細觀察周圍狀況時，看到晴明也露出了緊張的神色。

「他也察覺到了？」

不過，晴明其實比岦齋更早察覺。

他的靈力比岦齋強大許多。

岦齋出生在以陰陽術維生的村落，這樣的出身帶給了他本領，但是感應能力與驅邪除魔的能力都不及晴明。

這是與生俱來的能力差別，無法靠努力與修行來彌補。

與生俱來的能力誰也改變不了，所以岦齋不是很在意，只是覺得，如果有一項專長勝過晴明，就可以抬頭挺胸地跟他平起平坐。

岦齋也是人，難免會羨慕、焦躁。與晴明往來後，他很想學會什麼優秀的法術或本事，只要一項就好。

在一片紛亂的人群中鑽來鑽去的岦齋舉起手說：

「晴明，你看……」

瞬間，咆哮聲震響。

在那一長排的牛車中，有輛裝飾較為樸實的牛車，拉車的牛突然發狂了。

牛高聲怒吼，扭動身軀，焦躁地用前腳刨蹴地面。牠扭動得太過劇烈，用來把衡軛⑦綁在脖子上的繩子就快被扯斷了。沒多久，牛的眼睛充滿血絲，咆哮著往前狂奔。

事情發生得太突然，群眾都來不及反應。

直到牛蹄逼近眼前，他們才知道危險，驚慌得不知所措。

只在一瞬間，歡呼聲變成了叫喊聲和慘叫聲。

奔馳的牛車脫離了牛車隊伍，斜斜往前跑，邊踢散人群邊狂奔。

眼見失控的牛車往自己衝過來，晴明後退一步正要避開時，突然看到飛起來的前方布簾後有個身影。

牛車上是個已脫離童稚而婀娜多姿的年輕少女，身上的長袿不算華麗但高雅大方。她滿臉蒼白，緊緊抓著牛車上的小柱子。

求救的視線與晴明的視線交疊。

⑦架在牛頸上用來拉車的橫木。

「——」

兩對視線的交會非常短暫，覺得目光交接說不定只是錯覺。

晴明的腳卻本能地動了起來。

在離奇的狀況下差點被亂成一團的恐慌群眾吞沒的岦齋，好不容易才從中脫身。

「糟透了……」

慘叫聲此起彼落，從中傳出壓過所有聲音的尖叫聲。

「小姐……！」

岦齋定睛看著狂奔的失控牛車。

從飛起的後方布簾，隱約可以看見衣服和纖細的身影，裝扮不是很華麗，但氣質高雅。

這輛牛車的主人是哪家貴族的千金嗎？

尖叫的人是被牛腳踢飛，爬不起來的牧童。

岦齋衝過去，伸手要把他拉起來，他卻語調悲痛地哀求說：

「求求你！求求你救救小姐！」

滿臉蒼白的牧童忍住疼痛，指著牛車一再重複這句話。

岦齋點點頭，丟下牧童，衝了出去。

雖然拖著牛車，全力奔馳的牛速度還是很快。人類跑得再快，距離仍是愈拉愈大。

「可惡！」

岦齋咬牙切齒地說，這時看到牛突然恐懼地嚎叫，停在原地踏步。

「怎麼了？」

豈齋赫然轉移視線，發現跟自己一樣往前衝的晴明，正對著某處唸刀印。

他定睛凝視，確定晴明是對準了牛腳。

有種一般人看不見的小動物攀在牛腳上。牛害怕攀附在自己腳上的某種看不見的東西，像跳舞般踢來踢去。

晴明瞥豈齋一眼，繼續往前跑。他必須在禁咒失效之前想辦法安撫牛，沒時間說話。

「晴明！」

禁咒一失效，就再也攔不住抓狂的牛了。

遠遠圍觀的群眾，個個嚇得臉色發白，看著晴明繞到牛車前面。

「裂破！」

晴明揮起的刀印，以凌厲的氣勢斜劈而下。

無形的刀刃劈斷了牛車與牛之間的衡軛。

牛車差點被反彈的力道震倒，在要倒不倒之間穩住，回到原來的位置。

承受車體所有重量的輪子轟隆作響，彈跳幾次後就不動了。

牛用前腳一次又一次刨蹴地面，口水四處飛濺，佈滿血絲的眼睛瞪著半空。

是什麼讓牠嚇成這樣呢？

「南無馬庫桑曼達、吧沙拉旦、顯達馬卡洛夏達……」

晴明唸著讓牛恢復平靜的真言，皺起了眉頭。

太奇怪了，牠為什麼會這麼害怕呢？是什麼把牠嚇成了這樣？

邊結印邊瞪著牛的晴明，發現有個朦朧的影子躲在牛背上。

是一團趴在牛背上的黑影。

一察覺到這點，有股寒顫掠過晴明的背脊。

他全身寒毛豎立。

狂跳起來的心臟速度全開，冷汗直冒。

「那是什麼……？」

驚愕得喃喃自語的晴明，漸漸看清楚了來歷不明的黑影。

定睛注視好一會後，晴明倒抽一口氣，繃緊神經。

黑影是某種東西散發出來的可怕氣息。那個被黑影團團纏繞的軀體跨坐在牛背上，握著韁繩。

「唔……！」

晴明茫然呆立。好不容易擠到他身旁的豈齋也跟他一樣看著牛，大吃一驚。

「什麼……?!」

不用任何法術就可以看得這麼清楚的東西實在不多，可見對方的力量十分強大。

晴明緊咬嘴唇，深吸一口氣，重新結印。

「南無馬庫桑曼達、吧沙拉塔顯達、馬卡洛夏那塔亞索瓦塔拉亞、溫塔拉塔坎漫！」

晴明原本逐漸萎縮的靈力，再度往上噴射。

操控牛的黑影看到那股靈力，輕輕勒住了韁繩。

「咦……！」

反射性叫出聲的晴明與豈齋，遭到劇烈龍捲風般的攻擊。

「唔！」

視野被漫天飛塵遮蔽的兩人交叉雙臂，抵擋攻擊。

就在這時候，口吐泡沫、高高舉起前腳的牛翻個白眼，倒了下來。

轟然倒地的牛，背上已經看不到那團黑影了。

晴明握緊了拳頭。

「……可惡……」

被那股來自地獄似的冰冷視線射穿，晴明與豈齋都呆住了。

可以說是太突然了、出乎意料之外、突發事件，多得是藉口。然而，事實上他們是被異形散發出來的鬼氣震住了。

攻擊消失後，一股怒氣油然而生。

那是對自己的憤怒與不滿。

拖著腳走路的牧童與看來像是隨從的幾個人，搖搖晃晃地跑向牛車。

「小姐！」

「小姐、小姐，妳沒事吧？」

「小姐！」

布簾下露出凌亂的衣服。
不知道坐在牛車上的小姐有沒有事？
晴明擔心地甩甩頭，靠近牛車。
「小姐有沒有怎麼樣？」
晴明問其中一個隨從，他臉色蒼白地搖搖頭說：
「沒有回應，好像昏過去了……」
「真的只是昏過去嗎？如果不是，後果將不堪設想。」
聽到晴明這麼說，隨從嚇得臉色更蒼白了。
晴明把快哭出來的隨從交給豈齋，自己繞到牛車後面。
「小姐，在下失禮了。」
小心避開群眾視線的晴明，輕輕掀開布簾，往裡面看。
身分不明的小姐，身材非常纖瘦。
年紀大約十五、六歲。沒有血色的臉茫然若失，滿頭黑髮烏黑亮麗。
「小姐、小姐，快醒醒……」
晴明稍微猶豫後，把手伸向她的肩膀輕輕搖晃，聽見她發出了微弱的呻吟聲。
「……唔……」
慘白的眼皮顫抖起來，露出了迷濛的眼眸。飄忽不定的視線，過了好一會才捕捉到晴明的身影。

「啊……」

她恐懼的眼眸波動搖曳，試著舉起白皙纖細的手指，卻突然閉上眼睛，就那樣動也不動了。

啪答滑落的手，掉在離晴明膝蓋不遠的地方。

她的眼神好像想抓住什麼。這也難怪，那隻牛繼續發狂的話，不知道她會怎麼樣。

晴明把手伸向她的肩膀上方，靠靈力檢視她的身體有沒有受傷。

「還好……」

看起來沒有生命危險，晴明鬆了一口氣。應該是身心同時遭到衝擊，暫時昏過去而已。

「請問，小姐……」隨從戰戰兢兢地詢問，晴明告訴他沒事。他怯怯地看著晴明說：

「請問，你是……」

「我是安倍晴明。」

「安倍……？」隨從喃喃重複著，好像想到了什麼，瞠目結舌。「總不會是那個……」

他說的是「哪個」，不用問也知道。

晴明默默地點頭，輕輕行個禮，就從隨從身旁走開了。

「豈齋。」

豈齋跪在倒地的牛前面結印，試著讓牛醒過來。

「一二三四五六七八九十……」

牛腳動了一下，從頭到脖子開始抽搐。看到牛張開眼睛，撐著還有點虛弱的腳站起來，牧童才安下心來。

清醒的牛害怕地環視周遭，用鼻子磨蹭每天照顧牠的牧童。牧童邊抽噎著，邊撫摸著牛的脖子。

岦齋喘著氣，發現晴明正對他使眼色，暗示他最好在京職與檢非使⑧發現騷動趕來之前離開，才不會惹上麻煩。

兩人混在人群中離開了現場。

難得來看賀茂祭，岦齋覺得很可惜，可是假如惹上不必要的麻煩，又會被傳得沸沸揚揚。

他也理解晴明的心情，只能期待明年的賀茂祭。

## 2

第二天，豈齋像平常一樣帶著下酒菜去安倍家。出來迎接他的晴明，臉色很難看。

「你好像很煩呢，晴明。」

「當然煩，你很清楚嘛！」

豈齋再大膽也不敢說都寫在你臉上啦，試著改變話題。

「對了，昨天那輛失控的牛車，載的好像是橘家小姐。」

走在前面的晴明突然停下來。

豈齋差點撞上他，趕緊踩穩腳步，勉強避開了衝撞。

晴明稍轉頭往後看著手忙腳亂的豈齋，半瞇起眼睛說：

「那又怎樣？」

看到他目露兇光，豈齋考慮著該說什麼，一不小心說錯話的話，可能會很慘。

「沒怎樣……我只是……對……我只是有點擔心，稍微查了一下……呃，只是這樣。」

晴明拋下硬把話扯完的豈齋，逕自往前走。進房間後，他拿起放在矮桌上的信，丟給豈齋。

⑧京職是掌管京城司法、警察與民政的單位。檢非使則是在京城內負責取締犯罪、風化業等警察業務的官員。

反射動作接過信的岦齋，大致看過後，大吃一驚，寄信人居然是橘家。
「為什麼？」
房子的主人在板窗前坐下來，沉著臉說：
「今天早上收到這封信，我只好去橘家一趟，結果對方哭著求我幫忙一件很麻煩的事。」
岦齋不由得正襟危坐。晴明的背影，看起來真的很煩躁。
「請問，很麻煩的事……是什麼？」
以儘可能避開世俗為信念的年輕人，語調平板地說：
「消滅怪物。」

✻ ✻ ✻

你救了我孫女，真不知道該怎麼謝你才好。
老實說，是某位公子送她去看祭典的。
我孫女總是窩在家裡，公子是一番好意，想帶她出去走走，讓她開朗起來。
可是，那位公子昨晚突然去世了。
很可笑吧？
我孫女背負著可怕的宿命。

她從小就擁有不可思議的力量。

不知道你是不是能夠了解？她說她看得見我們看不見的東西。

所以我孫女已經死心了。

晴明大人，關於你的傳聞，我們很早就聽說了。

求求你，用你超俗絕世的力量，救救那孩子——

✦　✦　✦

盤坐的晴明拱著肩，托著下巴。

「昨天在狂奔的牛背上的黑影，就是想要得到橘家小姐的怪物。」

岦齋從廚房端來白開水，又端坐下來，嗯嗯地聽著。

怪事是從今年開始發生的。

不管請來再高明的僧人祈禱，或請傳說中非常靈驗的修行者施行收服惡鬼的法術，都阻止不了怪事。

直到夏初，才有術士揭發真相，說那些怪事全都是喜歡上橘家小姐的怪物在作亂。

可是那個術士找出真相後，卻因為害怕怪物而逃之夭夭了。

女孩小的時候，父母就雙雙病逝了，親人只剩下年老的祖父母。

希望孫女能有好姻緣，招個女婿而獲得小小幸福的老夫婦大受打擊。

他們什麼也不能做，這樣下去，只能看著心愛的孫女成為怪物的祭品。
這時候，有個希望娶女孩為妻的公子出現了。他說暫時不能暴露身分，但一定會讓她豐衣足食，把她娶回故鄉，讓她過著不虞匱乏的生活。
因為不能暴露身分，所以都是在夜晚來訪。他穿的衣服都很高級，每次來訪也都會送昂貴的禮物。
剛開始充滿戒心的橘家老夫婦都被公子的誠意打動，準備接受他的要求。
女孩卻堅決不答應，她說跟她扯上關係，就會招來災難。
不管怎麼求她，她都還是躲在屏風後面，不肯直接見面。
老夫婦倆試著勸過孫女很多次，但她已經憂鬱到連活下去的意願都沒有，現在連笑都不會笑了。
儘管如此，他們還是期盼這次可以讓孫女敞開心，沒想到公子突然死了。
那一定是怪物幹的好事。昨晚，怪物就出現在老夫婦面前，像是在暗示這件事。
怪物說已經剷除阻礙者，絕不會把她交給任何人，要他們把她交出來。
在黑暗中哈哈大笑的怪物並沒有傷害老夫婦。老先生說，可能是因為他隨身佩戴著護符。
他們的孫女聽著大笑聲，默然垂下頭，彷彿就快香消玉殞了。
要是不消滅怪物，那孩子就不會幸福。
面對抽抽噎噎哭個不停的老夫婦，晴明也沒辦法擺出冷漠的態度。

後來女孩堅持要親自謝他，他就跟女孩見面了。

「哦。」豈齋放下木碗，抱起雙臂，顯得興致勃勃。「她自己說要見你啊？哦、哦哦。她沒見求婚的人，卻在屏風外見你，太稀奇了。」

豈齋感嘆不已，晴明瞪他一眼，忿忿地說：

「時日不多的老夫婦，說會儘可能給我想要的東西做為報答，我很怕他們會纏住我苦苦哀求，所以趕快告辭了。」

通常他會冷漠回應這種事，但是要他冷漠對待老淚縱橫的夫婦，他的良心會受到譴責。

「你真是惹上了大麻煩呢！」

裝瘋賣傻的豈齋，其實心情也非常沉重。

晴明也看得出來，所以聽聽就算了，沒多說什麼。

那個怪物在大庭廣眾之下操控牛，企圖帶走女孩。

說到妖魔鬼怪，晴明有好幾次降伏的經驗。

他熟悉這樣的法術，師父也常說他有天分。

可是這次的怪物，遠遠強過他以前降伏過的妖魔鬼怪。

經過昨天的對峙，兩人都看清了這點。評估敵人的力量，也是能力之一。把完成任務與生命放在天秤上衡量的結果，這次是生命比較重要。

豈齋表情也變得嚴肅起來，哼哼沉吟後，輕聲說：

「你打算怎麼做？晴明。」

「不知道……」

晴明難以決定。

岦齋對他的反應感到訝異。以晴明的個性，應該會斷然拒絕，之後會怎麼樣都不關他的事。

可是這麼做的話，橘家老夫婦和那個不幸的女孩都太可憐了，所以他正在思考，有沒有什麼折衷的方法。

晴明不再理會自己。岦齋看著他的背影，輕輕嘆口氣後站了起來。

「我今天先回去了。」

晴明沒有回應。

岦齋毫不在乎，又接著說：

「有需要我幫忙的地方就儘管說，不用客氣。不過……這次能幫到什麼程度，很難說……總覺得……」

從岦齋漸漸失去活力的聲音，可知事態的嚴重性。

岦齋自認多少了解晴明的實力。

對自己的力量也有十二分的把握。

一個人或許有點困難，但兩人合力應該會有辦法，畢竟對方是曾經救過一次的女孩。

「不要一個人煩惱太多哦！晴明。」

他以為這句話是多餘的，沒想到背向他的晴明，會默默舉起一隻手回應。

這還是第一次呢！岦齋大感驚訝，可見晴明有多煩惱。對於讓晴明煩惱到這種程度的女孩，岦齋也產生了一些興趣。

岦齋走後，晴明一直盤坐在外廊前，瞪著庭院的水池。

坐落在東側的水池，被逐漸轉為橙色的陽光照得波光瀲灩。

「已經這麼晚了啊……」

西斜的太陽改變顏色，把溫柔的光線散播到全世界。

據老夫婦說，女孩從小就擁有看得見妖魔的靈視能力。

毫無特殊能力的祖父母完全不知道孫女看到什麼，當孫女說「在那裡」時，他們什麼也不能做，年老的侍女和雜役也是，但他們都相信女孩說的話，因為她從來不說謊。

當她害怕其他人都看不見的異形而縮成一團時，他們會幫她趕走看不見的東西。橘家所有人都把她當成掌上明珠，疼愛她、開心地看著她成長，期待著她哪天嫁給某位公子，永遠幸福快樂。

——她總是處處替我們和侍女著想，是個溫柔的女孩。

形容枯槁的老太太雙手掩面，淚如雨下。

——某位有名的修行者看過她後，說她害怕的妖魔鬼怪，都是一些無害的東西。她明明很怕那些妖魔鬼怪，卻在不知不覺中失去了害怕、恐懼的表情，因為她被怪物纏身，連纖細的心都被腐蝕了……

據說她聽到公子死亡的消息時，只是面無表情地盯著從香爐裊裊上升的煙，那個香爐是公子第一次送她的禮物。

在拉下板窗與竹簾的房間與晴明見面的她，平靜地對晴明說：

「請不要……不要為了我冒生命危險。」

如老夫婦所說，她好像放棄了一切。

「這就是我的天命吧……人不能抗拒天命。」

她低下頭，垂下了視線。被怪物緊緊纏住的她沒有能力逃開，假如掙扎著想逃走，就會犧牲無辜的人。

這種事她遇過太多次，不想再看到了。

「我不希望再把任何人捲進來了……」

一直不動聲色聽著她說話的晴明，整顆心糾結起來。

淚水從她白皙的臉龐滑落。

她沒有嚎啕大哭，也沒有驚慌失措，默默接受了自己的命運。

她的眼淚不是在哀嘆自己的悲慘命運，而是在向被自己波及而招來厄運的人哀悼、致歉。

從以前到現在，像她這樣被妖魔纏身而求助於晴明的人不是沒有。每次他都會殲滅妖魔，拯救那些委託者。

但是，那些例子大多可說是因果報應。
這就是貴族社會。晴明都了解，還是一肚子氣。
他知道是自己還不夠成熟，陰陽師必須咀嚼人生的酸甜苦辣、正邪並容。
每件事都計較的話，以後會走不下去。
晴明討厭人類具有表裡兩面的醜陋，因為他自己也有。
流著異形之血的自己，與包藏禍心的人類，有什麼不同呢？存在於身上的都一樣吧？
所以晴明討厭人類。
「該怎麼做呢……」
人類是很討厭，可是不救那個女孩，又怕晚上會睡不好覺。
晴明站起來。
只交手過一次，他就知道自己的能力遠不及那個怪物。
即使從現在開始做任何修行也來不及了。
「以前應該認真學的。」
現在再怎麼懊惱、再怎麼咒罵自己都太遲了。
靠靈力與法術打不贏怪物。那麼，還有其他什麼辦法？
他打開書籍與卷軸，從中尋找方法。夕陽西下，光線逐漸黯淡，在燈火下逐字閱讀的晴明，不由得全神貫注。

是女孩的眼淚驅策著他的心。
「用式嗎？操控妖魔或異形之類的式……不行，對抗不了那個怪物。」
怎麼辦？怎麼辦？
「哼……可惡……！」
握緊拳頭的晴明，把手上的書扔向牆壁。
身上流著異形之血也沒什麼用。
啪沙掉落的書，正好摔在下面的占卜道具上。
響起咔啦咔啦聲響。
他目不轉睛地看著那東西。
這個國家有八百萬神明，從大陸傳來的陰陽道，也有各種神明。
晴明把手伸向占卜道具，瞪大了眼睛。
眼前的是「六壬式盤」。
他用手指逐一摸著上面記載的神名。
所有神明都真的存在。把他們當成式，可以得到絕大力量。
「……十二神將……！」
安倍家的藏書數量龐大，有晴明的收藏，也有父親那一代或前幾代的收藏。
安倍家代代都學習陰陽道，傳承播磨陰陽流派。據說追本溯源，在某段時期也加入了菅原之血⑨。

所以晴明絕對不缺藏書，要多少有多少。

然而，只有集五行說之大成的《五行大義》有記載關於十二神將的事。

這套書總共五冊，翻完最後一疊書，晴明懊惱地沉下臉。

不知不覺中，天都黑了，忘了在何時點燃的燈台也沒剩多少燈油了。

「該添油了……」

不經意舉起的手顫抖著。

怎麼會這樣呢？晴明思索了一會，才想到自己什麼都沒吃。

他拍拍額頭，嘆口氣。

「對了……從早上到現在都沒吃東西……」

今天早上收到橘家的信後，不得已去了一趟，被哭著要求消滅怪物。

然而，身為當事人的那個女孩卻叫他不要為她拚命。

回來後，心頭湧現莫名的騷動。不請自來的岦齋今天難得沒有久待，很早就走了。

沒記錯的話，是在黃昏時候。

他搖搖晃晃地站起來，走向廚房。

從擺在泥地邊緣的水缸中用勺子舀起水來喝，覺得舒服多了。

⑨菅原是平安時代前期的學者、漢詩人與歌人，後來被奉為「學問之神」。

不吃點東西的話會動彈不得，他卻完全沒有食慾。

他知道原因。

他沒有回答橘家老夫婦會不會幫他們消滅怪物，對岦齋也是這麼說。在想到十二神將、翻閱《五行大義》、找遍其他所有書籍後，他還是沒有決定怎麼做。至少，他自己認為還沒有決定。

然而，身體卻已抱定決心，進入了齋戒淨身狀態。

人就算幾天不吃東西也不會怎麼樣，只要喝點水和酒就行了。

這樣可以把自己逼到絕境，摒除不必要的情感，增強施法的靈力。

晴明很清楚這樣的道理，可是不吃點東西，就覺得心神不寧。在空腹狀態下喝酒，會沒辦法繼續查資料。

翻找著食物的他想起離開橘家時，拿到一包東西，那是橘家小姐塞給他的，說是謝禮。

會是什麼呢？

他回到房間，打開放在角落的紙包。

裡面裝的是唐菓子點心。

他抓起一個油炸的唐菓子。這類點心他很少吃，是他不熟悉的味道，但並不難吃。

在橘氏家族中，那一家應該不算富裕，晴明再遲鈍也看出來了。在藤原家族的壓制下，橘、小野、中臣等家族，在宮內都被擠出了政治中樞。

如果是在賀茂祭中佔據最佳視野的藤原家小姐成為怪物的目標，就不會來找晴明幫忙了。

這世上有實力、有名氣的陰陽師多得是，不可能輪到被揶揄是人類與妖怪之子的晴明。

只有家道中落的橘家會求助於剛好路過的晴明。

咬著唐菓子的晴明自嘲地笑笑。

會找上他的，多半是這樣的情況。

他已經厭煩了這樣的事。

召喚十二神將去拯救橘家小姐後，要怎麼處理十二神將呢？把來歷不明的十二神將當成手下使喚，真的有用嗎？

在式盤上看到這幾個名字時，晴明認為是獨一無二的辦法。可是，隨著時間分秒流逝，他漸漸覺得是自己想太多了。

吹起不自然的風，燈台的火焰嗞嗞作響，搖曳起來。

有道異形的氣息飄落在呆坐著啃唐菓子的晴明身旁。

他看都不看一眼，不悅地皺起眉頭。

「你好像心情不太好呢，晴明。」

嬌豔的聲音潛入晴明耳裡。

女人把手伸向滿臉不悅的晴明下巴，托起他的頭，蹲下來說：

「難得看到你這種表情，通常你再煩躁、再怎麼想殺我，也不會這麼明顯地寫在臉上。」

晴明的眼神冷得像冰刃。

「不要隨便碰我。」

他啪地拍掉女人的手，站起來。

女人看一眼攤開在地上的紙包，露出曖昧的笑容，從背後抱住晴明。

「你在煩惱什麼，要不要我告訴你？」

白皙的手指從晴明的下巴向脖子滑行，晴明板著臉扳開她的手。

「我說不要碰我！」

想要逃開女人的晴明，耳朵又被嬌豔的聲音緊緊環繞。

「是橘家小姐。」

晴明定住不動。

女人的纖細手指像自己有生命般，從目瞪口呆的晴明下巴滑向他的嘴唇。

「你不想要纏住她的怪物的線索嗎？」

晴明的肩膀抖動了一下，轉頭往後看。

妖女雙眸露出蠱惑的光芒，射向晴明。

無言瞪著女人好一會後，晴明用可怕的低沉嗓音說：

「妳想要什麼……」

女人的嘴唇歪成新月形。

不用她開口說，身體就能感受到她的需求。

晴明瞪著妖女，轉過身去，粗魯地托起她白皙的下顎。

這種事沒什麼大不了，他們早就共度過無數次調情的時光。並沒有因此產生任何變化，勉強要說有，也只是胸口稍微抽搐一下，對思想、人生觀都沒有影響。

飄蕩在兩人之間的氛圍，既沒有愛也沒有情，比較接近殺伐的敵意，因此兩人才能若即若離，遊走在人界與異界的狹縫中。

女人纏繞在他頸上的白皙手臂有些冰涼，吐著熱氣的嘴唇，塗抹得像血般鮮紅。

忽然，他想起放棄一切般的虛無眼神，還有飄蕩在那個房間裡的甘甜香味。

但他很快就甩開了這些思緒。

女人扭動著熱度逐漸上升的身軀，冷冷地看了晴明一眼。

◇　◇　◇

豈齋抱著卷軸，趴躂趴躂走在陰陽寮的渡殿上，看到幾個貴族聚在皇宮一隅聊得口沫橫飛。

朝廷會議才剛結束，不知道是不是在談議題內容。

不管談的是什麼，都跟身為下級官職的豈齋沒多大關係。

他正要行個禮通過時，忽然聽到很熟悉的名字。

「……安倍晴明……」
於是剛經過的他停下腳步，骨碌轉個方向，折回來時的路。
他走到貴族們旁邊，彬彬有禮地詢問：
「請問安倍晴明怎麼了……」
貴族們起先狐疑地看著突然冒出來的年輕人，但很快便發現他是陰陽寮的人。
「喲，你是賀茂忠行的弟子吧？」
陰陽道大師賀茂忠行的弟子，除了兒子之外，另外還有兩名。
一個是安倍晴明。忠行在他還很小的時候就看出他的天分，把所有知識滴水不漏地教給了他。他本人進宮工作後態度很混，據說工作外的時間，甚至過著讓人議論紛紛的墮落生活。但他做的護符效果顯著，還是有一定的評價。
另一個就是來自遙遠國度南海道的榎岦齋。
貴族們一時不知所措地面面相覷，接著想到晴明與岦齋是師兄弟，才安下心來。
「你跟晴明很好嗎？」
「我自己覺得還滿好的……晴明怎麼樣了？」
「哦，既然如此，應該可以告訴你……」
岦齋看出貴族們的猶豫，報上了自己的名字。
「我叫榎岦齋。」
「哦，是岦齋啊。老實說，我們派使者去請晴明幫我們做護符，一直沒收到他的答覆。」
一個人起了頭，其他人也七嘴八舌地說了起來。
「我也是。」
「我也是。」
「不只這樣，聽說這幾天他都不見人影。晴明是異形之子的傳說，傳得活靈活現。大家都在講，他會不會被神隱⑩了？」
岦齋張大了眼睛。
「神隱？」
有哪個神明會這麼做?!
岦齋覺得很荒謬。貴族們好像聊開了，愈說愈起勁。
「他做的護符很有效，聽說賀茂忠行大人也很愛護他。不過，他的身世是個謎。」
「總不會捨棄人類的模樣，去找他異形的母親了吧？」
「有可能吧！如果他真是人類跟變形怪生下的孩子。」
「不好意思，打攪你們談話，我先告辭了。」
岦齋愈聽愈生氣，適時打斷他們，離開了那裡。
好像聽到有人從背後叫住他，但他假裝沒聽見。事實上他也有工作要做，跟他們閒

⑩指人被神怪帶走隱藏起來。在日本古代，當有人無故失蹤，怎麼樣都找不到時，就會傳說這人被「神隱」了。

聊太久會挨罵。

豈齋跟晴明一樣，還不是陰陽生。

當前的目標是成為陰陽生。

他大步往前走，怎麼樣都壓不住浮躁的心情。

「嘖，氣死人了……」

正當他兩眼出神地唸唸有詞時，有人從背後把手伸向了他。

被拍了一下肩膀，豈齋反射性地往後轉，看到熟悉的臉，慌張起來。

「師父。」

是剛才那些人提到的賀茂忠行。

邁入初老的師父訝異地看著他。

「怎麼了？豈齋，表情這麼可怕。」

「是、是嗎……」

豈齋不知所措地抓著脖子，賀茂忠行像想起什麼似的，臉色沉了下來。

「對了，豈齋，你最近有沒有見到晴明？」

「咦？沒有……」

賀茂祭的第二天，他就忙得不可開交，沒去過安倍家。

他也擔心橘家小姐的事，所以打算忙到一個段落就去找晴明。

聽豈齋這麼說，賀茂忠行滿臉憂慮。

「這樣啊……」
「師父，晴明怎麼了？」
賀茂忠行確認四下無人後，把談話地點轉移到視野廣闊的渡廊，在這個地方，只要壓低嗓門說話，聲音就會隨風散去，不會被任何人聽見。
「師父？」
豈齋滿腦子問號，他的師父則臉色沉重地說：
「昨天晚上晴明來過我家。」
賀茂忠行在自己房內寫文章時，一隻蝴蝶翩然飛來。飛來飛去的蝴蝶，沒多久就飛向燈台的火焰，把自己燒成了灰燼。他看得目瞪口呆，接著赫然回神，站了起來。
幾乎在同一時間，家丁向他通報晴明來了。
「呵……用蝴蝶啊……」
該怎麼說呢？說得好聽是風流倜儻，說得不好聽就是裝酷。
豈齋聽完，不由得半瞇起了眼睛。
從賀茂祭到現在已經過了七天。
「對了，師父，晴明那小子一直曠職不太好吧？不管怎麼說，這樣的工作態度都大有問題……」
「啊，沒問題，就當作他請了很長的凶日假。」

「當作……？師父，這……」

這恐怕是師父擔心晴明曠職太久而掰出來的理由吧！賀茂忠行是當今陰陽道的大宗師，成就無人可及。皇上也十分器重他，雖然已經退出第一線，在陰陽道的領域還是非常活躍。

賀茂忠行對岦齋啞然無言的反應毫不在意，又合抱雙臂接著說：

「你知道那個笨蛋突然來找我說了什麼嗎？」

岦齋困惑地歪著頭。

「他說了什麼？」

語帶嘆息的老人，很不高興地叨唸起來。

「他居然要我教他召喚十二神將的秘術。」

岦齋一時聽不懂師父在講什麼。

「啊……？」

據他所知，所謂「十二神將」是指六壬式盤上記載的神。

神都真的存在。有技術、有實力的人，大有可能召喚或請來任何神明。

他記得看過幾次請高天原神明降臨的法術。不過，他和晴明都只是參加儀式，在一旁觀看而已，實際進行儀式的人通常是陰陽頭或神祇官⑪。

看是看過，但沒有自己召喚過。不論任何法術，都要從最簡單的等級開始，再循序漸進，慢慢挑戰困難的級數。

若是守護京城的四神或無名的地神，就比較容易。至於十二神將，只知道名字和《五行大義》中記載的特性，要召喚他們恐怕是高難度。

追根究柢，十二神將並不是這個國家的神，而是以大陸傳來的五行與道教為背景衍生出來的。

既然是神，就真的存在。不過，陰陽寮應該還沒有人直接召喚過他們。不，不只陰陽寮，恐怕其他沒有入宮工作的陰陽師或播磨的陰陽師也都沒試過。

賀茂忠行憂慮地說：

「我一再逼問他為什麼要學召喚十二神將的秘術，他都不肯說。我告訴他，他不講我就不能教他，嚴厲拒絕了他，他就默默回去了。」

不教他，並不是故意為難他。

根據傳說，十二神將擁有強大的力量，人類恐怕沒辦法掌控。

晴明竟然想召喚所有神將，把他們全都收為式。

岦齋心頭一驚。他突然想到，很可能是「那件事」逼得晴明不得不那麼做。

「不會吧……」

「岦齋，你是不是知道什麼？」

老人發現岦齋的臉色不對，立刻逼問他。

⑪陰陽頭是陰陽寮的最高長官。神祇官則負責祭祀神明，並且掌管全國的神社和神官。

晴明沒說，自己是不是可以說呢？

猶豫著該不該講出來的豈齋，想想既然在這種機緣下提起來了，也許非講不可吧？於是他沉重地說出了那件事。

「是這樣的……」

聽完來龍去脈，賀茂忠行大驚失色。

「出現了那種怪物？陰陽寮沒接到通報啊！」

豈齋摸著後腦勺說：

「呃……橘家老翁哭著哀求他，為了孫女，千萬不要把這件事說出去……」

牛車暴衝的事已經傳開了，但是一般人看不見牛背上的怪物。

在宮裡，大家只知道橘家的牛車在賀茂祭時暴衝，正好有陰陽師在場，用法術切斷衡軛，所以沒什麼損傷。至於陰陽師是誰，眾說紛紜，但還真的有人說對了。

也有人來問過他，但他知道晴明不喜歡被捲入這樣的話題，所以都矇混過去了，沒有說出來。

「那麼，要傷害女孩的怪物是什麼？」

豈齋嗯地沉吟著。

「我記得有強烈的鬼氣……被黑影包著，沒看清楚。」

「不是妖魔或變形怪之類嗎？只要知道是什麼怪物，不用靠十二神將也有辦法解決吧？」

「師父，既然如此就幫我們救橘家小姐吧？我跟晴明都對付不了那個怪物。」

老人卻裝模作樣地開口：

「晴明做不到的事，別以為我就做得到。」

毫不猶豫的堅定語氣，害豈齋差點以為自己聽錯了。

「什麼……？」

他懷疑地反問，賀茂忠行又一副正經八百的模樣，淡淡地說：

「那小子沒辦法應付的話，我也沒辦法，保憲也是。」

保憲是賀茂忠行的兒子，與晴明、豈齋是師兄弟。

豈齋目不轉睛地盯著師父的臉。皺紋增加不少的老人，臉上的確留下了歲月的痕跡，但豈齋怎麼樣都不認為師父的實力會比最盛時期衰退多少。

賀茂忠行從豈齋的表情看出他在想什麼，嘆口氣說：

「有種東西叫『天賦』，晴明的天賦超乎常人。他從小就討厭那種東西，但人不能拒絕與生俱來的天賦，也除不去。」

那種天賦與晴明的身世有關，所以一般人不管怎麼努力，都幾乎不可能取得與他同等的能力。

諷刺的是，這股晴明最討厭的天賦能力，正是其他人最渴望的東西。

豈齋也有點羨慕，但他知道羨慕與嫉妒只是一線之隔。人類的感情只要受到一點點的刺激，就可能傾向善或惡。

由於了解晴明的本性，所以豈齋並不嫉妒他，但是當晴明不在場時，聽到有人稱讚他的才能，就會覺得自己能力不足，難免有點沮喪。

「你可不要搞錯了，豈齋。」看到弟子眼中浮現複雜的情感，賀茂忠行語帶勸慰地說：「晴明有晴明的能力，你也有你的能力，那是其他人都沒有的。我希望可以用最好的方法，讓你們發展你們不同的才能，不要焦慮。」

「還是會焦慮啊！」豈齋馬上回答，又嘆口氣說：「難免會想跟他平等吧！他從來不會瞧不起人，所以沒什麼好爭的，可是我有我的自尊心，還是會想跟他並駕齊驅。」

豈齋的眼神很認真，賀茂忠行也知道他為什麼會這樣逼迫自己。

老人拍拍弟子的肩膀，對他曉以大義。

「我認為所謂的預言，並不是絕對的。」

豈齋的肩膀顫動著，微微低垂的臉蒙上陰影。

「我最討厭天命、命運和宿命之類的說法……我來京城就是想摧毀那些不確定性的東西。」

忠行連連點頭說：

「沒錯，就是這樣、就是這樣，豈齋。」

豈齋憂鬱地閉上眼睛，再張開眼時，已經恢復原來的他。

「我今天得趕快把工作做完，去看看晴明，有種不祥的預感。」

「不好意思，那就麻煩你去一趟了，豈齋。」

岦齋眨眨眼睛，苦笑著搖搖頭。

離宮時間一到，岦齋就退出陰陽寮，去了安倍家。

只隔幾條路就要到了時，他忽然想到一件事。

「糟糕，今天沒帶下酒菜。空著手去，他說不定不讓我進門。」

是不是該先去買點什麼再來？

正在認真為此煩惱時，岦齋忽然覺得有東西觸動了他的直覺，全身發冷。

他摸著起雞皮疙瘩的脖子，露出疑惑的表情。

「嗯……？」

剎那間，他以為是那個怪物，可是仔細感應，並沒有發現類似的氣息。

他停下腳步，屏氣凝神，又出現了同樣的感覺。

就是掠過背脊的冰涼感。一股焦躁湧上心頭，胸口開始狂跳。

耳朵產生耳鳴，充斥著鏘鏘聲。

好像聽到某種不協調的聲音，攪亂了他的心。

岦齋懊惱地皺起臉，甩甩頭又摀住耳朵，環顧四周。

「怎麼回事……」

眼看著就快到安倍家了，腳卻被什麼拖住了。

他邊揮動雙手像要甩開什麼，邊小跑步衝向安倍家。

只住著一個人的安倍家，十分安靜。這片土地面積大得驚人，但從以前就聽說，東北側有座生人勿近的森林。

一条戾橋映入眼簾。水渠裡流水滔滔，潺潺水聲總讓人心曠神怡。

平常是這樣沒錯，今天卻不一樣。

止不住的耳鳴掩蓋了水聲，好像在嚴厲苛責岦齋。

「這到底是怎麼回事？」

岦齋咂舌說著，伸出了手，但手才碰到安倍家的門，就感覺到一股衝擊。

啪嘰一聲，手立刻被彈開了。

「唔哇?!」

被輕輕彈飛出去的他一屁股跌坐在地上。

「好痛……」

他皺著眉頭站起來，莫名其妙地看看四周。

有種奇怪的感覺。

他想到是什麼了。

「沒有聲音……」

不是安靜，而是所有聲音都消失了。

他猛然張大眼睛，又把手伸向大門。

衝擊再度襲向他，但被他一把推開了。

他硬是穿越了大門。腳才踩進門內，就聽見驚天動地的轟隆聲。

地面搖晃得無法保持平衡，他東倒西歪地抓住附近的圍籬，才勉強站穩。

「晴明?!」

不是沒有聲音，是覆蓋安倍家的結界遮蔽了裡面所有的聲音。

岦齋的感覺，是靈力壓力的落差所產生的摩擦。靈力愈強的人，那種感覺愈強烈。

響個不停的轟隆聲逐漸增強，岦齋往聲音的方向走去。

安倍家在北側。下人房與森林之間的地面上，畫著巨大的魔法陣。

岦齋張大了眼睛。

「晴明！」

一看到倒在魔法陣中央的晴明，岦齋大驚失色。

晴明身上的狩衣破了好幾個洞，看起來很狼狽，還難得解開了髮髻，把頭髮紮在脖子後面。

「晴……」

「不要過來！」

正要跑過去時，岦齋聽到犀利的制止聲。

雙腳被固定在地上。

定住不能動的他，看著晴明慢慢地站起來。

晴明弓起一隻腳撐起身體，接著緩緩轉向了他。

被他佈滿血絲的目光貫穿，豈齋像被吞噬了般動彈不得。

「晴、明……」

「你來幹什麼？」

逼問的聲音低沉陰森。豈齋吞一口口水，儘可能以鎮定的口吻回答：

「我聽師父說，你昨晚去找過他。」

晴明煩躁地咂咂嘴說：

「真多事……」

這句話惹惱了豈齋。

「你這是什麼態度？師父是擔心你啊！我當然也是。」

「我又沒拜託你們擔心我。」晴明冷漠地說，搖搖晃晃地站起來。「快回去，我現在沒空理你。」

「……」

豈齋張口結舌，不知道該怎麼反駁他。

晴明的背影清楚表現出拒絕的意思，可見說沒空理他是發自內心。

豈齋好幾次欲言又止，最後垂頭喪氣地轉身離開了。

晴明邊等待豈齋的氣息遠去，邊調整呼吸。

最不想被看見的光景，偏偏被最不想被看見的人看見了。

他已經在自己能力所及的範圍內佈下了最強的結界，竟然還是被闖了進來。可見岦齋太小看自己了。

岦齋的潛力跟晴明一樣超越常人，就是因為這樣，師父才會派他來找晴明。

晴明喘著大氣，結起手印。

召喚十二神將需要最高境界的靈力，以及屹立不搖的堅定意志。

在有神明存在的這個國家，儘管召喚的是在大陸成形的神，應該也可以使用恭請高天原之神降臨的法術。

他知道十二神將的名字。只要對名字施法，做出依附體，讓神將的靈魂依附在上面，神將就會存在於人界，即便只有形體。

縱使不是本尊，只要有十二神將存在，就可以把真正的神將請出來。

處於放空狀態的晴明所製作出來的依附體，將會出現神將的原貌。

那是他沒見過，也沒有任何人見過的十二神將的原貌。

十二神將到底是什麼？不先搞清楚，是不是就沒辦法召喚呢？

這樣的疑問不斷襲向晴明。每次心生懷疑，法術便會失敗，反撲的靈力就會撲向他，把他撞倒在地上。

疑問愈強烈，反撲回來的衝擊力道就愈強烈。

數不清失敗多少次了。

每次他都會想，為什麼要這麼堅持，非召喚十二神將不可？連答案都變得模糊了。

自己召喚十二神將，是想做什麼？

「……唔……！」

被衝擊力道彈飛出去的晴明，終於筋疲力盡地閉起了眼睛。

太陽已經下山，四周一片昏暗。

畫好的魔法陣，也因為多次失敗而變得歪七扭八，看不出原形了。

就在晴明昏過去的同時，環繞安倍家的結界也消失了。

原本屏氣吞聲的蟲子們發現周遭變得鴉雀無聲，開始發出鳴叫聲。

雖然已經入夏了，有時夜晚還是會帶點寒意，像這樣躺在外面，很可能會把身體搞壞。

小妖們察覺包圍安倍家的結界全都消失了，就一個個溜了進來。

「啊……晴明！」

看到晴明趴倒在地上，小妖們全都湧了上來。

它們試著戳晴明幾下，發現遍體鱗傷的他連眼皮都不會動，全身沾滿泥巴，衣服也破破爛爛。

這樣的晴明，它們還是第一次看到。

小妖們合力把他抬起來，拉著他的衣服、頭髮，半拖半搬地把他移到屋內。

發出吆喝聲搬運晴明的小妖們才剛從屋內消失，就輪到一個白色身影翩然飄落。

是那個女人。

從頭到尾觀望著庭院魔法陣慘劇的變形怪女人，瞇起了眼睛。

「……」

一轉身，女人輕盈地飛上半空，消失在黑暗中。

離開安倍家後，豈齋直接去了橘家。

他想親眼看看，會讓晴明這麼做的女孩到底是個怎麼樣的人。

看到既是晴明的朋友、又是陰陽師的榎豈齋來訪，老夫婦倆開心不已，馬上把他請進屋內。

在受到熱烈歡迎的那一瞬間，豈齋就知道自己做錯了。

「完了、完了，他們一定以為我可以幫他們消滅怪物，真是糟透了。」

豈齋沒有能力消滅那個怪物。在他們對他還沒有太大期待之前，他最好老實告訴他們，自己是為其他事而來的。

明知道最好這麼做，豈齋卻沒辦法對老夫婦說什麼。

晴明傷痕累累的模樣不時浮現在他腦海中，揮之不去。直到現在，晴明都還拚命掙扎著。

那個對什麼都不關心，已經厭倦了人生的晴明居然會這樣。

忽然，屏風動了。豈齋轉移視線，看到前幾天救過的女孩端坐在那裡。

豈齋慌了，他已經算是成年男子，而對方再怎麼說也是貴族家的千金大小姐，怎麼可以這樣毫不遮掩地見他呢？

聽說被怪物盯上的女孩，臉上看不出為這件事悲嘆、恐懼的表情，平靜得像風平浪靜的水面，沒有一絲感情的波紋。太過平靜了，反而讓岦齋產生莫名的懷疑。

默默看著岦齋的她，突然低下了頭，岦齋趕緊也跟著低下頭。

「您今晚來是為了什麼事……？」

她的聲音微弱，飄蕩著自我放棄的人特有的淡泊氛圍。

蒼白的臉上浮現死亡之相。

岦齋覺得一股寒意掠過背脊。

全身起雞皮疙瘩，好像被什麼東西監看著。

「那個安倍晴明……」

終於說出口的名字讓女孩張大了眼睛，眼眸恢復了一點生氣。

「他怎麼了？」

岦齋眨眨眼睛，總覺得哪裡不對勁，是哪裡呢？

他忘了禮貌，直盯著女孩看。

用楚楚可憐來形容年紀大約十五、六歲的她，再適合不過了。

「他為了救妳，奮不顧身。」

岦齋的話讓她倒抽一口氣，掩住了嘴巴。

「不行、不行，這樣不行。請轉告他，不要再管我了。」

「可是，以前……即使天地反轉，晴明也不可能這麼拚命，現在恐怕很難阻止他……」

女孩雙手掩面說：

「不可以、不可以，跟我扯上關係，就會被那個可怕的怪物殺死。那位公子就是這樣。」

「那位公子？」

女孩用顫抖的聲音說：

「就是向我求婚的那位公子，他還鼓勵我去看葵祭，散散心……沒想到會發生那種事……」

岦齋想起賀茂祭的騷動，表情變得僵硬。

「那天晚上，那位公子突然去世了……聽說死狀慘不忍睹。」

身體被撕扯得粉碎，連原狀都看不出來了。

女孩緩緩抬起頭看著岦齋。岦齋還以為她在哭，眼中卻沒看到淚水，只是剛才閃閃發亮的微光不見了。

「這樣您明白了嗎……只要有人跟我牽扯上關係，那個怪物絕不會保持沉默。」

說完，她沮喪地垂下了頭，全身彷彿籠罩在某種黑影中。

「到此為止吧……這是我的天命，請轉告他，不要再為我做什麼了，我絕對不會恨他。」女孩抖動著眼睛，又接著說：「還有，請告訴他，我很高興認識了他……」

這時候，女孩第一次露出了笑容，朝下的臉被頭髮遮住一半，只露出了嘴，看起來更可憐，更讓人心疼。

她的心意，岦齋完全了解了。

卻不由得怒火中燒。

什麼天命、什麼宿命嘛！他最討厭有人因此放棄了自己。

「晴明那麼奮不顧身，妳是不是也該試著為自己做點什麼？」

他的語氣不自覺地粗暴起來。

女孩驚訝地抬起頭，岦齋忍不住又滔滔不絕地說：

「聽著，那個打從娘胎就討厭人類、捨棄了人生的男人，正為了妳像白癡一樣把自己搞得遍體鱗傷，妳卻……」

說到這裡，他忽然停下來，微歪著頭。他聞到詭異的香味，一股帶著糾纏感的奇妙甘甜味道，微微飄蕩在空氣中。

四下張望之後，岦齋看到女孩身旁有座香爐。

「那是……？」

女孩望向他指的地方，輕輕拿起香爐說：

「這是那位往生的公子送給我的。他說這是驅魔薰香，要我隨時點著。」

薰香具有驅邪除魔的力量，所以這麼做沒錯，可是岦齋的直覺卻發出了警訊。

徵求女孩同意後，岦齋打開了香爐，看到裡面的東西，露出懷疑的表情。

「這是……」

女孩害怕地縮起了身體。

「怎麼了嗎？」

豈齋搖搖頭，拿著香爐站起來。

「請問……」

「已經往生的人送的東西，最好不要留下來，還是送到可以供奉這東西的地方吧？」

豈齋的語氣很強硬，不給她反駁的機會，接著從衣襟裡抽出了一張護符。

「這是安倍晴明特製的除魔符咒，風評還不錯，效果比那種不怎麼樣的咒具好太多了。」

「是他……」

女孩低頭看著護符，神情悲傷地咬住了嘴唇。

「絕對不會有事的，晴明一定會保護妳。我是他的好朋友，可以向妳保證！」

豈齋說得斬釘截鐵，女孩勉強對他笑笑，他也跟著露出笑容。

「對了，還沒自我介紹呢，我叫榎豈齋。下次我一定會帶晴明來，見到他時，也要露出這樣的笑容哦！」

女孩的眼睛微微顫動。

「下次……」

還會有下次嗎？她覺得自己不該有這樣的奢望。

她已經傷害了很多人，連累了很多人。葵祭那天，她想到一切將在牛車裡結束，對人生斷念的心情增添了些許寧靜，因為沒有人會再因她受難了。

就在那時候，他們四目交接了；也可能只是她片面這麼覺得。就在一眨眼的瞬間，她的心發出了求救訊號，這樣的衝動，明明已經消失很久了。

「……」

猶豫了好一會後，她平靜地點點頭。

離開橘家後，岦齋瞪著手中的香爐看。

這種鐵製的香爐十分常見，沒什麼特別，問題出在所用的薰香。

味道太過甘甜，重重纏繞，感覺很不舒服，與其他驅邪的薰香完全不一樣，是岦齋從來沒聞過的香味。找遍全京城，恐怕也找不到有這種薰香的人。

直覺告訴他，這東西有危險。

被覬覦女孩的怪物殺死的公子，也就是送薰香的那位公子，到底是什麼人？

籠罩著女孩的黑影也教人擔憂，與薰香同時在削弱著女孩的生命力。

「晴明一定也發現了……」

在黑暗中張開眼睛的晴明，看到端坐在旁邊的白色身影。

他的心情馬上往下沉。

「幹嘛……」

女人用袖子掩著嘴，盈盈輕笑，聲音像鈴鐺般清亮。

「被你厭惡到這種程度，感覺還真爽呢！」

晴明斜睨女人的眼神帶著殺氣。昨晚他什麼也沒問出來，女人說得煞有介事，分明是一開始就打算玩弄晴明。

「快滾出去，我……」

用手肘試著撐起上半身的晴明，被女人用扇子抵住了喉嚨。

「不管你試幾次，神都不會在這裡降臨。」

「什麼？」

晴明目光炯炯地瞪著女人看。

笑容嬌豔的女人轉移視線望著某處說：

「你要召喚的對象再怎麼說都是神，會來這種地方嗎？」

女人無聲地站起來，轉身離去。

「想要召喚神，起碼要用心找個清淨的地點嘛！」

女人說完就在黑暗中消失了身影。

晴明直盯著空空蕩蕩的黑暗。

「清淨的……地點？」

這時候，他才想起女人剛才注視的地方。

他猛然間倒抽一口氣，慌忙站起來，換上新的狩衣，衝出家門。

◇　◇　◇

守護京城北方的靈峰「貴船」的神域，任何邪惡的東西都無法入侵。

晴明徹夜奔馳，到達這裡時天已經快亮了。

他在山間平地畫出十二芒星的魔法陣。靈力與體力都已經撐到極限了，這次再不行的話，就毫無希望了。

站在魔法陣中央的晴明邊結手印，邊閉起眼睛。

「……三天太上大道君伊邪那岐大神、青真小童君少彥名大神……」

他在腦中想像從沒見過的十二神將。

「請授我秘事，讓十二神將聽命於我……！」

他努力找過，都找不到召喚十二神將的咒文。但根據傳說，十二神將是人類想像的具體呈現，那麼……

假設晴明的想像是真的，說不定……

「吉凶之神成為我之使令——！」

法術完成的瞬間，閃光炸裂。

「……唔！」

不自覺閉上眼睛的晴明，耳中響起莊嚴的聲音。

「我是十二神將的統帥。」

就在聽到那個聲音的同時，被雷擊中般的力道，貫穿了晴明。

3

◇　◇　◇

旋轉的式盤發出輕微的聲響。

沒有做占卜，只是轉著式盤玩的岦齋合抱雙臂，歪著頭說：

「喂，晴明。」

他盤坐在式盤前面，轉過頭往後看。

坐在矮桌前振筆疾書的年輕人沒有任何反應。

「喂，晴明。」

他又叫了一聲，還是沒回應。

不是沒聽見。離他不到半丈遠的房間，安靜到不但聽得見翻紙的聲音，連磨墨聲都聽得見。

「晴明，喂，晴明，起碼回我一聲嘛，回都不回，很傷人欸，晴明！」

岦齋把手圍在嘴邊，不死心地叫喚。默默工作的晴明大聲放下筆，壓低嗓門咒罵：

「你要是再煩我，我就叫你走。」

岦齋露出了笑容。

「喲，你有聽見啊？太好了、太好了，我突然想起一件事。」

明明知道晴明的口吻帶著怒氣，岦齋還是開心地自顧自說著。

「你沒聽見嗎？我說你要是再煩我，我就叫你走。」

晴明緩緩轉頭看著岦齋，他手上的紙是某個有力貴族委託他做的護符。

是讓那個貴族可以跟已經厭倦的女人分手，而不會留下任何麻煩的符咒。

晴明心想幹嘛做這種符咒，不要繼續來往不就行了？那位貴族說不想被對方怨恨他變心。

真的很自私。動了情就死纏不休，變了心就拋棄。

只顧男人的一己之私，一點也不顧那個被他玩弄的女人的心。

不過，這種事他再怎麼想，也做不了什麼。

「晴明，你的眉頭皺得比平常更深哦，整張臉都垮下來了。你呀，這裡都是皺紋啦，再不展開眉頭，會留下痕跡哦！」

晴明斜睨指著自己眉間的岦齋，沒好氣地說：

「有你在，我會分心，你快走。」

「哎喲，不對哦，晴明，那麼說不對哦！」

「哪裡不對？」

晴明的臉色更難看了，岦齋一本正經地說：

「這不叫分心，叫『轉換心情』。人集中精神工作太久，就會全身僵硬，消耗體力，需要適度的休息。你現在跟我說話，就是在休息。」

看對方說得那麼堅定，晴明沉默不語。

怎麼辦？他好想殺了眼前這個笑得很白目的男人。大可趁現在施放咒殺法術，他有自信可以瞬間殺死這個人。施法後，還會產生處理屍體的新問題，不過到時候再來想辦法就行了。當務之急是該如何解決這個男人。

面無表情默默思考的晴明，心中居然想著這麼可怕的事，岦齋完全沒看出來，眼睛閃閃發亮地說：

「我在想，式盤上記載的十二神將會是什麼樣的神呢？」

正疑惑他到底想說什麼的晴明，聽到這句話差點沒虛脫。

「啊……？」

十二神將。

凡是以陰陽道為志向的人，都看過這個詞。

必讀的書籍《五行大義》上有記載，也刻印在占卜道具「六壬式盤」上。

詞中有「神」字，可見是神，但又是怎麼樣的神呢？

沒人思考過這個問題。

晴明瞇起眼睛，嘆了一口氣。

「幹嘛想知道是怎麼樣的神？是不是真的存在都值得懷疑。」

岦齋瞪大眼睛對一臉不屑的晴明說：

「你說什麼?!這個國家有八百萬神明，十二神將當然存在啦！」

「就算真的存在又怎麼樣？」

晴明冷漠地回應，豈齋衝著他說：

「你真沒夢想呢，晴明。萬一你哪天成了十二神將的主人，他們會很傷心的。」

「什麼……？」

晴明愈聽愈糊塗。

這種比作夢還要荒唐的無稽想法是什麼跟什麼啊？

晴明連開口回應都懶了。

豈齋用食指指著他說：

「你仔細想想，以陰陽道為志向的人，最想達到的目標是什麼？不就是把從來沒有服從過任何人的強大存在納為式嗎？」

「誰說過這種話？我可從來沒聽過。」

晴明不再理會豈齋，重新面向矮桌。

他要趕快把符咒寫完，再把那傢伙轟出去，好好休息。

他這麼下定了決心。

「說真的，晴明，你一點都不想知道十二神將長什麼模樣嗎？我很想知道呢！他們畢竟是來自大陸的神，很可能不適用於我們一般的想法，搞不好是動物的模樣也說不定，因為有幾個跟四神同名。」

不過，這樣想的話，太陰就是月亮，天空也就是天空了。

「還有，螣蛇就是蛇囉？那麼，應該比青龍弱吧？因為蛇是龍的眷族。」

看岦齋說得那麼認真，晴明在心中暗自咒罵。

這種事我哪知道？

「喂，晴明，你怎麼想嘛？喂、喂，晴明。」

「吵死人了……」

晴明發出來自地獄般的恐怖聲音，兩眼直直瞪著岦齋。

「在不知道將來還有多長的人生中，我絕對不可能跟十二神將扯上關係，所以我對他們毫無興趣，也完全不想知道他們的事。這樣你懂了嗎？懂了就快回你家去，煩死人了！」

聽到晴明這樣大吼大叫，岦齋眨眨眼睛，疑惑地歪著頭說：

「是嗎？」

「就是！」

岦齋的眼眸變成透明，像是看著什麼般，出奇平靜地重複著說：

「是嗎？真的是這樣嗎……？」

有時候，陰陽師可以看到未來。

那個未來未必會發生，只是很多可能性的其中之一。

不過，那個未來確實存在，既然陰陽師看到了，被選中的機率就很高。

而陰陽師……

絕對看不到自己的未來——

◇　◇　◇

身體動不了，因為被從來沒有碰過的氣息鎮住了。

晴明緩緩張開眼睛。

「……」

倘若真有十二神將存在，會是什麼模樣呢？

說不定是長得像動物。

或是像樹木、岩石等自然界的物質。

也可能像來自大陸的天魔，或是像鬼怪、妖魔之類的異形。

晴明不是沒有這樣思考、想像過。

然而不管怎麼想像，都只停留在自己的想像力範圍內，所以很可能都不是他想像的那些模樣。

這是他最後下的結論。

以這樣的結論來說，他的預測是對的。

「我是十二神將的統帥，負責帶領大家。」

正言厲色對他說話的這一位，既不像鬼也不像異形。
那樣的外貌最接近人類。
晴明眨眨眼睛，緩緩吸了一口氣。
他要確認自己眼前的存在究竟是不是幻影。
站在十二芒星魔法陣中央的晴明，眼前浮現出一個老人的身影。
全白的長髮盤結在頭頂，留著濃密的白鬚，看不清楚嘴巴。佈滿皺紋的那張臉，看起來比晴明見過的任何人都年長。身上穿的是不常見的衣服，有點像大陸的穿著打扮。骨瘦如柴的手握著枴杖。
老人的臉正對著晴明，眼睛卻是閉著的。
晴明啞然無言，老人嚴肅地說：
「人類啊，是你召喚了十二神將嗎？」
語氣不強，但威嚴十足。晴明覺得有種無法形容的壓力，重重壓在肩上。
「啊……」
他想開口回應，卻發不出聲音來。
不知道是不是納悶他怎麼不回答，老人的眉間浮現慍色。
飄浮在半空中的老人，衣服不自然地飄起來，散發出來的氣也逐漸增強。
晴明握緊拳頭說：
「的確是我施行了召喚十二神將的法術。」

「為什麼？」

老人緊迫逼問。

晴明把力量注入了丹田，不這麼做，總覺得會被老人的氣勢壓倒。這是他第一次遇到讓他摸不清底細的對象。

「我施行召喚之術，是為了讓十二神將成為我的使令。」

時間短暫靜止。

「你是說……使令？」

老人的聲音嚴厲，圍繞在他周遭的空氣彷彿瞬間降溫了。

晴明直盯著老人，好像生怕一個不留神，老人就會消失。

老人緊閉的眼睛對著晴明，沉默不語。

晴明的肩膀在發抖。無言的壓迫感愈來愈強烈，這就是十二神將的統帥，也就是十二神將中最強的存在嗎？

「率領十二神將的統帥，既然你呼應我的召喚現身了，就是願意成為我的使令嗎？」

晴明儘可能虛張聲勢地確認。

不管召喚的是神或妖魔，倘若沒有與召喚對象相當的能力，對方連現身都不願意。既然這樣現身了，表示會順他的意，答應成為他的式。

沒想到……

「──」

沉默好一會後，老人歪著嘴巴笑了起來。

晴明覺得背上一陣寒顫。無疑地，自己完全被震懾住了。

飄浮在半空中的老人莊嚴地說：

「人類啊，在我們活過的漫長歲月中，從來不曾向誰屈膝過，也不曾效忠過任何主人。」

從老人全身裊裊上升的神氣，就像蒸騰的熱氣。

「你的器量足以讓居眾神之末、傲骨嶙峋的十二神將跟隨你嗎？」

聲音無比冷靜，晴明卻聽得出話中深處的激情波濤。

他畢竟是居眾神之末的神將，晴明傷到了他的自尊。

晴明心裡很清楚，但不能就這樣退縮。

「如果沒有那樣的自信，我就不會在這裡。」

「哦……這句話沒騙我？」

「是的。」

老人的語氣從頭到尾都很平靜，更給人深不可測的恐懼感。

晴明把持住強硬的態度。只要稍有破綻，注入法術的靈力就可能全部彈回自己身上。

「為什麼這麼希望我們成為你的使令？」

「因為……」

才起了頭，晴明就說不下去了。

為什麼呢？

晴明在內心搜索答案。隨便找，應該都可以找出很多足以說服十二神將統帥的理由。譬如說，力量不足，想取得力量。因為遇上了現有能力無法對付的怪物，只好想辦法將傳說中的十二神將收為式。

那麼，自己不惜這麼做也要打倒那個怪物，又是為了什麼？

老人默默窺視著內心糾葛、緘默不語的晴明。他的眼睛明明閉著，晴明卻可以感覺到他犀利的目光。

不久後，老人終於開口了。

「那麼，人類啊，請讓我看看你的決心是否值得十二神將跟隨。」

晴明屏住呼吸回看老人。

緊張的氣氛流逝著。站在魔法陣中央的晴明，這時候才發現風勢變了。

從老人全身散發出來的神氣包圍住魔法陣，捲起了漩渦，老人的白髮和白鬚都被吹得亂七八糟。

「回答我，是否值得？」

晴明沒有選擇「否」的權利。

「我該怎麼做？」

這個問題，沒有得到言語的回答。

老人一直緊閉的雙眼，微微張開了。

就在晴明倒抽一口氣的同時，老人握著枴杖往地面敲了下去。

堅硬無比的聲音響徹雲霄。

「唔！」

晴明的視野突然變成一片漆黑。

嚴重的耳鳴讓他忍不住閉上眼睛，摀住耳朵。

當所有聲音消失，肩上的壓力變得更沉重時，晴明發現眼前的光景驟變，大吃一驚。

「這裡是……？」

晴明與十二神將的老人應該是在靈峰貴船的一角。必須在清淨的神域，才能召喚神將，所以晴明徹夜奔馳，來到了貴船。

施行召喚術是在天將亮，即將迎接黎明的時刻。

現在晴明所在的地方，是只有沙土和岩石的荒野。遠處看似有山脈，山前看似有蓊鬱的森林，但都蒙上了一層迷霧，教人無法判斷看到的是真是假。

「十二神將，這是哪裡？我們什麼時候來到這裡……」

說到這裡，晴明瞇起了眼睛。

十二神將居眾神之末。身為他們的統帥，要瞬間把晴明移到任何地方都是輕而易舉的事。

晴明甩甩頭告訴自己，這點小事就大驚小怪，身體怎麼受得了。為了齋戒淨身，他幾乎沒有吃東西，召喚術又失敗了好幾次，靈力上的消耗已經快要超越極限了，必須減少不必要的體力消耗。

「人類，我再問你一次。」

晴明轉過頭看著老人。老人張著眼睛，視線直直貫穿了晴明。在那麼強烈的目光前，任何謊言都會被看穿。

「告訴我，你為什麼想讓我們成為使令？」

晴明眨一下眼睛，一五一十地說出了實情。

他說有個女孩被怪物盯上，他想救那個女孩。

聽他敘述完後，老人對他說：

「就算具有相當能力的人，也未必能輕易掌控召喚十二神將的法術，搞不好會有生命危險。」

老人說得沒錯，晴明也覺得自己現在還能這樣活著，簡直就是奇蹟。

「為了救跟你沒什麼關係的女孩，你居然不顧生命危險，想取得我們的力量？為什麼要做到這樣？」

「因為……」

晴明想回答，卻跟剛才一樣，說不出話來。

視線四處飄移的他，焦躁地咬住嘴唇。

「硬要說的話，就是看不慣那個怪物，就只是這樣。」

「哦……？」

老人瞇起了眼睛。

從古至今，不是沒有人想過要召喚十二神將，把十二神將當成使令。有很多人不自量力，挑戰過好幾次。其中也有能力不錯，召喚成功的例子，但召喚的不是所有十二神將，而是其中一、兩個。

幾百年前，曾有人同時召喚與四神同名的四位神將，但不是要他們成為使令，只是暫時借助他們的力量。

要把十二神將當成使令，必須擁有駕馭他們的能力。

眼前這名年輕人究竟有沒有這樣的器量，沒辦法當場評估。有時候，人類的力量深不見底，很可能因為什麼契機，激發出超越極限的潛力。

現在這個年輕人還看不出有那樣的器量。

然而，他無法回答問題，反而引起了老人的興趣。

說不定這傢伙有潛在的爆發力。

這樣下去，他很可能哪天會被自己的力量擊潰。但是，已經有微光在年輕人心中冒出了嫩芽，只是他自己完全沒發現。

老人的心被這一點撼動了。

枴杖的前端敲擊著地面。

晴明往尖銳的聲音望去時，老人淡淡一笑說：

「人類啊，要收十二神將為使令，必須帶著言靈叫喚我們的名字。一旦叫錯了名字，就會永遠失去主人的資格。」

一直以禪坐姿勢飄浮在半空中的老人，無聲地降落地面。

老人站了起來，視線高過晴明。

「說出你的名字，再叫喚我的名字即可。完成後，我便允諾成為使令。」

「咦……」

晴明陷入了窘境。

這個老人要他猜出自己是誰，並叫出正確的名字。

刻印在式盤上的十二神將的名字一一浮現腦海，晴明絞盡腦汁思考。

「我是安倍晴明，我要你成為我的使令、成為我的式，十二神將……」

哪個？是哪個呢？既然是十二神將的統帥，又有如此威嚴、如此神氣，應該是最強的一個，就像天上唯一的天帝——

「……天……」

老人的雙眸閃閃發光。帶領神將們的統帥，名字應該是天一。

晴明正要這麼叫喚，喉嚨卻發出了其他言靈。

「十二神將——天空！」

大腦想的明明是天一，嘴巴說出來的卻是天空。

晴明愣住了，名字絕不能叫錯啊——

「沒錯，我正是十二神將天空。」

陷入絕望的晴明，不禁懷疑自己的耳朵。

「咦……？」

十二神將天空在啞然失言的晴明面前跪下來。

「安倍晴明，我將成為你的式，聽令於你，但這只是我個人的意願。」

「什麼？」

晴明感到詫異，天空恢復了原本的姿勢，嚴肅地說：

「我雖是十二神將的統帥，但並不能駕馭他們。我的同袍們願不願意成為你的使令，要看他們各自的意願。」

天空指著遠處的森林，對瞠目結舌的晴明說：

「我的同袍們分散在這地方的某處，你只要找出他們，讓他們全都跟隨你，你就可以回到原來的世界了。」

「什麼……？」

天空淡淡地說：

「最後，我要告訴你，我雖然是十二神將的統帥，但我的力量未必勝過所有同袍。」

「啊……？」

「請小心前進，主人。」

老人說完就消失了蹤影。

《我也會因為你的心念，決定不再成為你的式，不再跟隨你。我將長時間觀察你，

確認你是否值得我把這條命與通天力量交付給你。》

直接在耳中響起的聲音中斷時，天空的神氣也完全消失了。

晴明一時啞然，隔了一會才低聲沉吟：

「原來如此……」

居眾神之末的自尊，不容許他們輕易屈服於人類。

剛才的下跪，也只是行禮如儀，並不是完全服從。

晴明搖搖頭。

總之，一個出現了，他還要找出另外十一個。

他強撐著疲勞的四肢，走向霧中若隱若現的森林。

霧愈來愈濃，緊緊纏繞全身，濃到只看得見三尺遠的距離，衣服都濕答答地黏在身上了。

身體好重，呼吸好困難。雙腳像綁著鉛塊，舉步維艱。

晴明發出乾澀的腳步聲，在荒地上前進，邊走邊用力深呼吸。

希望起碼有水可喝。為了齋戒淨身，他的身體暫時不能接受固體食物，現在只能喝水或酒。

正擦拭著額頭汗水時，晴明忽然停下了腳步。

「是水聲……？」

傳來微弱的淙淙流水聲。晴明豎起耳朵細聽，往聲音的方向走去。

沒多久，來到了高低起伏的岩石地，到處都是大大小小的石頭，很難走。他繼續小心往前走，就走到了河邊，河面很寬，但煙霧迷濛，看不到對岸。

他俯瞰水面，覺得水很清澈，但不知道能不能喝。

往上游走，應該可以到達源頭，到了那裡，說不定……

正打算沿著河往前走時，他發現突出於河面的岩石上，有個身影佇立著。

他猛然轉身，定睛細看，潛藏在霧中的身影也直盯著他看。

「十二神將？」

那身影沒有回答，但可以感覺到他解放了壓抑的神氣。

霧散去了。

就在視野變得遼闊，岩石清晰可見的瞬間，屏住氣息的晴明不禁懷疑自己的眼睛。

神將似乎聽出了晴明聲音中的驚訝，不高興地皺起眉頭說：

「十二……神將？」

「我正是十二神將之一。」

晴明目不轉睛地看著神將。

神將的聲音像小孩子般清亮，與他幼小的外貌十分吻合。

烏黑的直髮短得出奇，看著晴明的雙眼也是黑得發亮，穿著不常見的異國風衣服。

上身沒有袖子，露出光溜溜的兩隻臂膀。下身的衣服也很短，連膝蓋都不到。打著赤腳。

胸前的大裝飾物，特別吸引晴明的目光。

剛才是老人，現在是個看起來不到八歲的小孩。晴明腦中的十二神將想像圖，應聲崩解了。

「關於你的事，天空翁都告訴我了。人類，聽說你想讓我們十二神將成為你的使令，是嗎？」

小孩瞪著晴明看，說話的口吻狂妄自大，與他高八度的聲音不太協調。

「是的。」

晴明邊回答邊想，接下來總不會要重複這樣的問答十幾次吧？

小孩打量著身穿狩衣、狩褲，把頭髮綁在背後的年輕人，臉上沒有任何表情。

站在岩石上的小孩，縱身一躍而下。晴明還以為他會沉入河裡，沒想到他降落在河面上，繼續盯著晴明。

這樣看起來，個子就很嬌小。天空則是比晴明高。

「我沒辦法推測你擁有多大的力量，不過，既然天空翁認同你了，那麼我想我也應該跟進吧。」

「這樣啊……」

言下之意，就是跟天空一樣，願意成為式吧？

「人類啊，說出你的名字，再叫喚我的名字，不要叫錯了。」

晴明閉上眼睛，暗自咒罵：我哪知道你叫什麼名字？

然而，一定要叫對名字，小孩才會追隨他。

「我是安倍晴明，令你成為我的式，十二神將……」

是哪個呢？扣除天空，還有十一名神將。

以挑釁的眼神看著自己的小孩，有著烏黑的雙眸、頭髮——

晴明只能豁出去了，決定憑直覺判斷。

「十二神將玄武！」

「——」

小孩的表情毫無變化。

這樣看著晴明好一會後，神將終於閉上眼睛，點了點頭。

「我正是十二神將玄武。安倍晴明，從現在起我就是你的式。」

水面泛起不自然的漣漪，以玄武為中心，掀起波紋，沒多久便高高捲起了漩渦，就在快吞噬玄武前，發出聲響爆開了。

飛沫四散。

玄武消失了身影，但聲音在耳邊響起。

《這裡的水，人類也可以喝，有需要的話就喝吧！》

「謝謝你告訴我。」

晴明道謝後，嘆了一口氣。

想到還要這樣重複十次，就覺得疲憊不堪。

玄武應該不會說謊，所以他毫不猶豫地喝了水，再順便洗把臉，稍稍轉換了心情。

「真是的，我到底在這裡做什麼？又是為了什麼？」

居然連自己都搞不清楚，太不可思議了。

是因為橘家老夫婦懇求自己救孫女嗎？可是自己並沒有答應啊！更何況，連那個女孩自己都說不要為她做任何事，那麼，不是應該尊重她的意思嗎？拚了命這麼做，簡直是瘋了，甚至是超越狂顛的愚蠢行為。

他心裡很清楚，卻沒辦法不這麼做。

萬念俱灰的表情、滑落的淚水，深深烙印在他腦海中。

「再來該往哪裡走呢……」

晴明搖搖頭，跨出了腳步。

霧愈來愈濃了。

晴明漫無目的地走著。其餘的神將在哪裡，他完全沒有線索，只能跟著直覺走。

陰陽師的直覺，大多很靈驗。

喘得肩膀上下起伏的晴明，仔細觀察四周狀況。他是沿著河往上游走，不知道這樣的選擇對不對。

「神氣……」

感覺到微量的神氣，晴明鬆了一口氣，看來還可以相信自己。

這麼想的他，自嘲地笑了起來，以前他從沒相信過自己呢。

水聲逐漸增強。不是潺潺水流聲，而是水從高處往下沖的聲音。

是瀑布嗎？

晴明拖著沉重的腳步前進，看到了一排岩石，後面有澎湃傾瀉的小瀑布，前方有兩個身影佇立著。

他猛然停下了腳步。

還以為再出現任何外型的人，都不會覺得驚訝，看來自己還是太嫩了。

一個坐在平坦的地面上，另一個站在旁邊。

正襟危坐的女孩，年紀約莫十五、六歲，讓人驚嘆的金色頭髮像仙女般高高盤起，穿著長長下襬的異國風衣裳。比晴空顏色淡的雙眸，直直看著晴明。

另一個的打扮，酷似異國官員。年紀看起來跟晴明差不多，是因為氣質沉穩吧？仔細看就會發現，其實比晴明年輕一些。留著青瓷色的短髮，左眼旁佩戴著精緻的銀飾。

晴明一靠近，那個年輕人就上前一步保護女孩。

晴明默不作聲地思考著。

既然號稱十二神「將」，應該是個個驍勇善戰，可是一路走來，他遇到的四名神將看起來都不像擅長作戰。更意外的是，神將中居然有女性。

兩人的表情都不可怕，但嚴肅拘謹。

先開口的是那個年輕人。

「關於你的事，天空翁都告訴我們了。你居然敢妄想把我們十二神將納為式，真是不知死活。只要出一點差錯，就會沒命的。」

晴明眨了眨眼睛。

聽他說話的語氣，像是打從心底為自己擔心。形象風格看似與天空、玄武迥然不同。

「想收我們為式，是為了什麼？」

這麼發問的，是被年輕人擋在身後的女孩。年輕人聽到她的聲音，便稍微往旁邊挪動。女孩的視線與晴明交會了。她溫柔、端莊秀麗，就算把晴明見過的人類、異形統統加起來，也沒有一個比她漂亮。年輕人的外貌也一樣，即使居末位，也不愧是神的眷族，眉清目秀無人能敵。

打量他們好一會的晴明，有些不耐煩地說：

「天空也問過同樣的問題。既然天空把關於我的事都告訴你們了，就不能把我想收十二神將為式的原因，一併告訴你們嗎？」

兩人互望一眼，有些困惑地皺起了眉頭。

沒多久，年輕人轉向晴明說：

「那麼，請你告訴天空翁這麼做。」

「什麼？」

晴明不禁反問。老實說，連他自己都認為說了大概也沒用。

「因為天空翁已經成為你的式，應該會聽從你的命令。」

「我們是聽說翁成了你的式，認為應該來看看你的為人，所以在這裡等你。」

年輕人與女孩輪流開口。晴明邊聽他們說話邊想：

將十二神將納為式這件事，總不會比自己想像中容易多了吧？

光是這樣對話，就可以感覺到兩人強烈的神氣。會穿著那身不適合作戰的衣服，很可能是因為他們擁有的力量與法術不需要到處跑來跑去。這麼想，就覺得合理了。

現在他必須先將眼前的兩名神將納為式，命令天空翁的事就稍後再說了。

「我非打敗一個怪物不可，所以需要十二神將的力量。」

「只要你承諾不會利用我們的力量做壞事。」

年輕人說得很乾脆，語氣沉靜而堅決，女孩也表示同意。

晴明慨然允諾。

「知道了，我會儘可能照你們的意思去做。」

一直在袖子中交握雙手的年輕人，這才放開手，面對晴明。女孩也優雅地站起來。

重新觀察兩人，發現女孩的身高幾乎跟自己差不多，年輕人又比女孩高四寸左右。很難得看到女性有這樣的身高。

從他們的頭髮和眼睛的顏色，還有他們身上穿的衣服與散發出來的氣息，就可以知道他們雖酷似人類，但並非人類。

「那麼，人類啊，請說出你的名字，再叫喚我們的名字。」

「不可以叫錯，請千萬帶著言靈，正確地叫出我們的名字。」

看來只有這個步驟絕不能省略。

名字是最短的咒語。

叫喚名字，就是朝對方下詛咒。而對神將來說，叫喚名字可能是等同於答應成為式的契約吧！

還剩十名神將，這位是誰呢？

以神將來說，他的模樣特別沉穩。晴明心想，與其靠頭腦思索，還不如跟著感覺走。遇到天空和玄武時，都是這樣成功的。

「我是安倍晴明，十二神將……」

年輕人與女孩相互對看。

腦中浮現兩個名字。

然而，晴明對自己的思考喊了暫停。這個名字真的對嗎？不會吧？

他想起《五行大義》中的一段文章，卻被理智否決了。

可是直覺卻告訴他，這個名字是對的。

他只猶豫了一下，因為沒有多餘的時間了。

不管了，就這樣吧！

晴明握緊了拳頭。

「十二神將……太裳，以及……」

他把視線轉向了女孩，心想這個名字真的沒錯嗎？

「十二神將……天一！」

女孩微微張大了眼睛。

才剛叫出名字，晴明就知道叫錯了。這個女孩不可能是天一。根據《五行大義》的記載，天一有后妃。那麼，天一不可能是女性。

全都完了。

晴明絕望地閉上眼睛，卻聽見莊嚴的聲音說：

「我正是十二神將太裳。」

「我是十二神將天一。」

晴明反彈般抬起頭。

兩人都對著他微笑，然後跪下來同聲說：

「從今以後，我們將聽從你的命令，安倍晴明大人。」

「沒……沒錯嗎？」

晴明一臉茫然，兩人都對他點點頭。

難道《五行大義》的記載，純粹只是傳說嗎？喂，那麼自己辛辛苦苦把一整本都背下來是為了什麼？

他覺得頭暈目眩。

「那麼，太裳、天一。」重新振作起來後，晴明對兩人下令。「請把我想讓十二神將成為式的理由告訴其他的十二神將。不斷重複同樣的過程，我已經累了。」

「遵命。」

兩人行個禮就隱形了。

他們與天空、玄武不一樣，什麼都沒說便離去了。

「終於有四個了……」

晴明嘆口氣，還有八個。

天空、玄武、天一、太裳，都被他納為式了。

有這四名，說不定就能打倒那個怪物了——這樣的想法閃過腦海。

現在他還是不知道這是什麼地方。十二神將天空把他帶進了哪裡呢？

天空已經是他的式。既然是六壬式盤上記載的神，應該稱為「式神」。

以主人的身分命令式神，就可以馬上回到京城的家裡了吧？

他也想知道現在是什麼時刻。

好像經過很久了。被帶來這裡，是將近黎明的時候，後來走了很多的路，到處搜尋神將。

希望可以在天黑前回到家。

橘家小姐被困在萬念俱灰的牢籠裡，心已經死了一半。被怪物盯上的年輕女孩表現得卻那麼淡定，可見是連跟命運對抗的力氣都沒有了。

她給晴明的感覺，就像是把「不想死的哀嘆」、「哭喊自己好怕」的情感，統統遺忘在某個地方了。

晴明的表情下意識地緊繃起來。

一旦接受死亡的命運，除了被殺死之外，就再也沒有其他的選擇了。她自己必須想著會獲救，去追求逃開怪物的未來。要不然，就算晴明把十二神將統統納為式，也很難救得了她。

一股莫名的焦躁感油然而生，晴明咂咂舌。

「我幹嘛這麼生氣呢……」

她並不想得救啊！

忽然，與在失控牛車中的她四目交會時的情景浮現腦海。

當時自己為什麼會去救她呢？

向來討厭惹事的自己，身體彷彿被什麼推著走，不知不覺就衝出去了。

晴明吃力地爬上斜坡，心情惡劣地瞇起了眼睛。

「下一個神將在哪裡……」

感覺是沿著河流前進，但在濃霧中漫無目的地行走，體力與力氣的消耗十分快速。

上坡道看不見盡頭，也沒有標誌。

仔細想想，其他神將未必會在自己面前現身。

如果他們拒絕當人類的使令，恐怕連面對面的機會都沒有，希望就斷了。

晴明迫切期待他們起碼會現身，給他一個機會。

每前進一步，呼吸就變得更困難，他從來沒有這麼喘過。

沒多久，他停了下來，兩手抵著膝，肩膀上下起伏。

「好奇怪……」

即使體力到達極限，身體也不至於沉重到這樣的地步吧？彷彿連吸一口氣都會更疲憊，體力似乎每分每秒都在流逝。

他用袖子擦拭額頭上的汗珠，使勁地挺直了上半身。

忽然覺得頭暈。

「唔……」

他踉蹌幾步，在差點跌倒之前，勉強重新站穩了。

汗水沿著下巴滴落，連他都很訝異自己竟然能撐得住。

「不休息不行了……」

一心想著往前衝，體力卻跟不上。這樣下去，很可能在這裡昏過去，白白浪費時間。

正在掙扎著該不該休息時，晴明發現有股神氣從濃霧中飄出來。

他倒抽一口氣，注視著那裡。有個身影被濃霧遮住了，看不見，也可能是一開始就隱形了。就算剛才那幾名神將都有現身，也不見得剩下的八位一定也會現身。

「人類，你來做什麼？」

在霧中響起的，是沉穩的女性聲音。

又是女的？

晴明眨眨眼睛。吹起了風，霧逐漸散去。

站在河邊的女性，一身菩薩般的裝扮，留著銀色的長直髮。直直看著晴明的翠綠色雙眸，就像沉靜深邃的沼澤。

她跟剛才的天一不一樣，穿著無袖的衣裳，露出了臂膀。仔細看，長下襬的衣服側邊也開了衩。

一陣涼意掠過晴明的背脊。

神將的視線堅韌冰冷，與前面那幾位都明顯不同。

「我都跟天空、天一說過了，我來這裡是為了將十二神將納為式。」

正確來說，是被天空帶來的。

神將露出不悅的神色，散發出來的神氣也變得尖銳。

沒有捲曲的長銀髮被風吹得鼓起來，起伏飄揚，在她背後流動的河水也掀起了詭異的波浪，洶湧澎湃。

她在操縱水？

晴明倒抽了一口氣，神將嚴肅地撂下了話。

「如果想把自恃甚高的十二神將納入你旗下……」

驚濤駭浪發出聲響，捲起漩渦，形成好幾條水柱往上衝。

「請證明你擁有那樣的力量。」

神氣更強了。水柱與神氣相呼應，似舌般蜿蜒著撲向晴明。

「什麼……！」

晴明被嚇得反應慢了半拍。

水逼近眼前，神將只是冷冷看著。

晴明慌忙結起刀印，一直線橫掃過去。

「禁！」

幾道水柱被看不見的牆壁阻擋，化成飛沫。緊接著四散的水滴又集結起來，從後面衝向了晴明。

「啐……」

晴明咂咂嘴，在臉前方結起刀印。

「嗡——！」

地面出現了閃亮的五芒星，光柱包圍了站在五芒星中央的晴明。

衝向光的水柱一撞上光牆，便發出聲響潰決了。

神將舉起手臂集結水滴，用力揮出。

「喝！」

形狀像長槍和短戟的水，尖端的利刃直直對準了晴明。

晴明全身戰慄。他發現她針對自己的鬥志是真的。

神氣的強勁、兇猛和尖銳，都跟前面四名不一樣，相差懸殊。

這名神將要他證明。

要他證明擁有將自恃甚高的十二神將納入旗下的能力。

意思是絕不屈服於比自己弱的人嗎？

晴明咬住嘴唇，心想太不合理了。再怎麼說，她都是居眾神之末的身分，怎麼可以對人類提出這種不可能的要求。

假如自己做得到，靠自己的力量就能打倒那個怪物了。就是因為沒有那樣的能力，才不得不挑戰把十二神將納為式的荒唐蠢事。

再說，也用不著發動這麼不講理的攻擊吧？不願意的話，說不願意就好了嘛，也可以一開始就不要出來啊！

晴明愈想愈生氣，無法接受這種狀況。

在光的結界中，逐漸滾燙沸騰的憤怒讓晴明全身發抖。

他好生氣。最氣的是自己。平常遇上這麼不合常理的事，他早就拋下一切不管，全都忘光光了，這次卻從一開始就把那樣的選擇摒除在外了。

他深吸一口氣，微瞇起了眼睛。

情緒愈來愈焦躁。自己的心居然不聽自己的話，沒比這更教人生氣的事了。

「怎麼會……變成這樣呢！」

這句咒罵的話，不是對神將，而是對他自己。

操縱水短戟的神將疑惑地皺起眉頭。

「怎麼了？你總不會這樣就投降了吧？」

她的意思是，如果晴明只是這種程度的人類，那麼她會勸那幾個已經答應成為式的同袍撤銷與他之間的約定。

晴明狠狠瞪著她說：

「誰說要投降了……？」

接著，他在胸前結起手印。

頭腦暈眩搖晃。從剛才就有種悶痛的感覺，逐漸增強。疲勞使全身變得沉甸甸的，動作也變得遲緩了。

他好氣自己搞到這樣還不肯放棄。

把這樣的情緒發洩在眼前的對手身上，有什麼不對呢？被攻擊就迎戰，這不是世間的常理嗎？

「嗡阿比拉嗚坎夏拉庫坦！」

五芒星放射出更強勁的亮光。

神將瞠目結舌。遠勝過之前的巨大靈力，從晴明身上爆發出來。

「萬魔拱服！」

瞬間，光芒四射，靈力爆開。

被炸碎的水，還來不及發出聲響就蒸發了，連四周的霧都被炸散了。

在突然颳起的暴風中，及時用神氣築起保護牆而毫髮無傷的神將，張大了眼睛。

晴明斜睨著神將，眼中佈滿了血絲。

那雙眼睛彷彿在問，這樣可以嗎？神將皺起了眉頭。

「我都聽太裳說了……」

「你擁有這樣的力量還打不倒的怪物，到底是什麼？」

「所以呢？」

晴明停頓了一下才回話。

「我要是知道的話，就不用來拜託不曉得存不存在的神將了。」

幾乎是想吵架的語氣。

她顯得不太高興，但什麼也沒說，只是把手按在嘴上，似乎在想什麼。光看那樣的動作，會覺得她很有氣質、很高雅。

晴明喘著氣，等待她的反應，身體沉重到感覺就快倒下去了。

在憤怒中使用法術，消耗了更多不必要的體力、氣力和靈力。

他好想稍微休息一下，哪怕是片刻都好，只要能躺下來閉上眼睛。

因為他從昨晚就沒睡覺，一直在召喚十二神將，最後還從安倍家徹夜趕到貴船。好不容易有神將出現，又被帶到這個不知名的地方，第五個神將還一出現就攻擊他。

這究竟是什麼因果呢？他想今天一定是他這輩子最糟糕的災難日。

不管老夫婦怎麼哭著求他，女孩自己都不想得救了，他為什麼要辛辛苦苦做到這樣呢？

自己跟她毫無關係，不需要負什麼責任。不管她是活下來還是被怪物殺了，都是她自己的人生，跟晴明沒有半點瓜葛。如她所說，這若是天命，還能怎麼辦呢？
晴明確實是這麼想。
然而，心底最深處卻有著莫名的抗拒，是那股莫名的抗拒硬推著晴明採取行動，一步步把他推向了險境。
「人類——」神將凜然對兩眼直愣的晴明說：「說出你的名字，再叫喚我的名字，不許叫錯。」
「……」
晴明大感意外，露出疑惑的表情。神將苦笑著說：
「我總算知道天空翁為什麼決定跟隨你了。」
「啊？」
「你遲早會明白的。來，快說出契約的言靈。」
搞不清怎麼回事的晴明，深深吸了一口氣。
她是哪個呢？可以把水操縱得這麼完美，一定是那個神將。
「我是安倍晴明，請跟隨我，十二神將水將天后！」
十二神將中有兩名水將。
一個是孩童模樣的玄武，剛才已經投入他旗下；另一個就是天后。天空、天一和太裳是三位土將。
十二神將天后以洪亮而莊嚴的聲音宣示：

「沒錯，我正是十二神將天后。從現在起，將視安倍晴明為主人，聽從安倍晴明的命令，直到解除約定的那一天。」

天后姿態優雅地向晴明行禮致歉。

「敬請原諒我方才的無禮，因為我必須確認，你是不是能成為我的主人。」

「天空和玄武都沒有這麼做呢！」

聽到晴明不悅的語氣，天后只能苦笑。

「剛才跟隨你的四名神將，包括天空翁在內，都沒有戰鬥能力。」

晴明張大了眼睛。

「妳說什麼？」

「力量有時候會成為兇器。剩下的其他同袍，也會自己判斷你是不是能正確帶領我們的人。」

得到十二神將的人，必須背負起相當重大的責任。

換句話說，就是十二神將會成為龐大的力量。

「原來如此……這種狀況還要重複七次……」

晴明覺得頭真的很昏，按住了眼睛。天后看著他那樣子，憂心地說：

「你還好吧？晴明大人。」

晴明目不轉睛地盯著她看。

「怎麼了？」

天后歪著頭問。晴明滿臉疑惑地說：

「妳的態度跟剛才差很多呢……」

「是啊，因為剛才還沒成為你的式。」

晴明欲言又止，把到嘴邊的話吞下去，深深嘆了一口氣。

「我要告訴你一件事。」

「什麼事？」

天后的眼眸閃過一道光芒，開口說：

「剩下的其他同袍，都擁有戰鬥的能力。」

晴明看著她真摯的眼神，屏住了呼吸。

「我先告訴你，我是其中力量最弱的一個。」

這下子晴明真的說不出話來了。

剛才的攻擊力，明明比他之前遇過的任何妖魔鬼怪都要強。

若不是他全力阻擋和施法，恐怕早就沒命了。

啞然望著天后的年輕人，臉上頓時沒了血色。

天后又淡淡地接著說：

「還有四名以戰鬥為目的的鬥將……除非需要所有神將，否則最好不要想把最強的那一個也納為式。」

「為什麼？」

對於主人的發問，天后只默默地搖搖頭。

然後，她用神氣操縱水包圍住了自己。

「祝你成功。」

「等等，回答我一個問題。」晴明攔住正要隱形的天后。「讓天空決定跟隨我，而妳也能認同的理由是什麼？」

她微微一笑說：

「你遲早會知道……在不久的將來。」

說完這些話，天后就隱形了。就在她消失的同時，水像雨滴般落下。

晴明難以釋懷地嘟囔著：

「什麼意思……？」

想了好一會，也想不出什麼答案。

只好放棄，嘆口氣，轉身往前走。

必須找出剩下的七名神將。

他抬起愈來愈沉重的腿，搖搖晃晃地走在又恢復濃稠的迷霧中。

# 4

剛入宮的賀茂忠行，正在看昨天沒有處理完的文件。
就快敲響工作開始的鐘聲了。
這時候，剛進宮的弟子出現在他視野的一角。
「師父，可以打攪一下嗎？」
抱著布包出現的豈齋，開口徵求師父的同意。
取得同意後，豈齋在師父面前坐下來，把布包拿給他看。
「我想請您看看這個……」
「你拿什麼東西來啊？」
賀茂忠行好奇地看著弟子。
豈齋正準備打開布包，卻忽然又停了下來。
為什麼停下來，他自己也不清楚，就是覺得不可以隨便在這裡打開。
賀茂忠行從豈齋的表情看出端倪，站起來，走向其他地方。
兩人前往的地方，是幾乎沒有人會經過的陰陽寮的深處渡殿。
「要避人耳目，最好去書庫……」師父說。
豈齋張大了眼睛。

「咦，請等一下，師父，這東西有那麼厲害嗎？」
「所以你才特地拿來給我看吧？」
「這個嘛……應該是吧。」
看到豈齋猛搔頭，忠行深深嘆了一口氣。
賀茂忠行以陰陽道之權威聞名，在這個國家是名副其實的最頂尖陰陽師。能成為他弟子的人，都擁有相當的能力，豈齋會把這東西拿來給他看，想必是下意識地判斷以自己的能力無法處理。
豈齋先在四方佈下簡單結界後，才鄭重地打開了布包。
「沒什麼特別，是很常見的東西……」
從布包裡拿出來的是外國手工做成的香爐，看起來像是鐵製，有很長的歷史了，但價格應該不高，不是什麼藝術品，只是一般的日常用品。
賀茂忠行拿著香爐端詳半天，偏著頭說：
「沒怎麼樣啊……」
才說完就皺起了眉頭。
那模樣像是仔細聞著從香爐飄出來的淡淡殘留香味。
愈聞表情愈凝重。
他瞪著香爐，問弟子：
「你是從哪裡弄來的？」

豈齋疑惑地問：

「為什麼這麼問？」

「這是外國的東西，而且是來自鄰國那遙遠的大陸深處。」

賀茂忠行的話語和表情都透露出緊張的感覺。

豈齋從他的表情猜出，這個香爐不只是遙遠異國的東西，還潛藏著什麼在內。

「師父，這到底是什麼？」

「告訴我從哪裡弄來的？」

師父語調僵硬地重複問。

豈齋支支吾吾地說：

「是前幾天我跟您提過的橘家小姐借給我的。」

師父的表情更沉重了。

「橘家小姐為什麼有這種東西？」

「就是沒多久前往生的那位公子，為了追求她而送她的禮物。那位公子說，這是除魔的薰香。」

豈齋還聽橘家小姐說，這個乍看很平常的鐵製香爐，是那位公子特別為她找來的，還為她調製了獨一無二的薰香。因為女孩擁有靈視能力，所以那位公子特別配合除魔的力量進行調製。

「或許是獨一無二吧，但我聞過類似的香味，很像遙遠的外國，用在咒術上的東西。」

一陣寒意掠過岦齋的背脊。

「咒術？」

師父點點頭，岦齋又問：

「哪種咒術？」

老人臉上浮現厭惡的神情。

「應該有好幾種……主要是用來摧毀人心。」

岦齋不禁懷疑自己所聽見的。

「什麼？」

「我記得是叫『破心香』吧，會慢慢消磨人的力氣，讓人屈服，最後失去自我。」

賀茂忠行只能說這麼多，詳細情形他也不清楚，因為聞到會危害性命，所以他也只用過模擬品，沒用過真正的那種薰香。

「我沒見過真正的破心香，所以不能下斷言……不過，真的很像。」

「破心香……」

聽了師父的話，岦齋驚愕得難以自已，幾乎到了倉皇失措的地步。

傳說中，大海彼端的那個遙遠國度，的確有連日本都望塵莫及的種種信仰和教義。

正道與魔道向來是一體兩面的存在。

陰陽道裡也有異教法術，其中不乏蠱惑人心、讓人瘋狂的種類。然而，必要的是術士的技術與靈力，不需要用到道具。

豈齋試著深呼吸，讓自己冷靜下來。

混亂的心情會使感覺遲鈍，陰陽師必須隨時保持心如止水。

問題是真的做得到嗎？身為人類，恐怕很難。

相較之下，陰陽寮的人會比宮中官員或公卿們沉穩，但若問他們的心是否隨時保持平靜，答案應該是否吧！

「外國的人居然可以隨便做這麼可怕的事……」

豈齋喃喃低語著，眼神嚴厲。

向橘家小姐求婚的公子為什麼要用這種東西呢？

難道是為了得到她，不惜剝奪她的意志，試圖把她塑造成沒有自我的人偶，當成普通的裝飾品嗎？

貴族們會來拜託陰陽師施行法術，讓他們與某地方的某個女孩結合；幫他們祈禱，讓他們贏過其他人而成為某個女孩的丈夫；或是幫他們製作護符，保佑戀人不會變心。

在眾多陰陽師中，以安倍晴明的符咒評價最高，堪稱天下第一。所以豈齋接到的委託案並不多，但也不是一件都沒有，不過，委託他的案子多半是邪惡的事，譬如要他做出讓宿敵失勢的符咒等等。

會找上他，可能是知道他來自遙遠的南海道吧！他無意隱瞞自己的出身，可是在這種時候就會後悔沒刻意隱瞞。

賀茂忠行問愁眉苦臉的弟子：

「那個女孩怎麼樣了？有沒有因為薰香的關係，出現什麼異狀？」
豈齋在記憶中搜尋。
前幾天見面時……
「她好像已經萬念俱灰……一直說這是天命沒辦法。」
單單對晴明的事特別在意。
對了，說到晴明……
「師父，晴明今天也沒來吧？」
這句話不是詢問，而是確認。
賀茂忠行臉色沉重地點點頭，逼近了弟子。
「豈齋，你說『也沒來吧』？是不是知道什麼？」
「呃……我、我……」
豈齋的眼神飄忽不定，又猛抓著臉，賀茂忠行的臉色更加陰沉了。
「他總不會真想召喚十二神將吧？就算他的能力再強，這也太冒險了……」
「您說對了，他正全力挑戰那樣的冒險，模樣是值得欽佩，可是那種場面教人難以置信，即使有槍戟之類的東西從天上掉下來都不稀奇。」
晴明在安倍家的周圍築起結界，秘密進行著召喚十二神將的儀式。
那地方飄蕩著這幾個月來從沒見過的陰森氛圍。
安倍晴明這個男人，還隱藏著豈齋不知道的好幾面。

「今天工作結束後，我打算再去看看他。不過，他會不會讓我進去，就很難說了……」

昨天也是費盡千辛萬苦才穿越了結界。以晴明的個性，為了預防有人入侵，一定會更加強結界。

岦齋喃喃說著，站在他旁邊的師父表情還是一樣嚴肅，合抱雙臂，不知道在想什麼。過了一會，這位陰陽道的重量級人物終於語氣凝重地開口了。

「那位送香爐給橘家小姐的公子……」

「怎麼了？」

「到底是什麼人？叫什麼名字？」

「好像是叫……」

岦齋忽然露出疑惑的表情。

關於向橘家小姐求婚的公子……

回想起來，橘家老夫婦和小姐都沒提過他的名字。

只聽說在賀茂祭當天晚上發現了他的屍體，死狀慘不忍睹。

聽完岦齋這番話，賀茂忠行沉吟地說：

「就是啊，我聽你說那位公子被殺了，想查查看他是哪裡的哪位公子，沒想到怎麼問都沒人知道。」

岦齋眨了眨眼睛。

「咦？」
怎麼會這樣呢？
他低頭看著手上的香爐。
送香爐給橘家小姐的公子是誰呢？難道是大家都不想跟死人有瓜葛嗎？
但是看女孩的樣子，好像並不討厭那位公子。她希望公子不要接近被怪物盯上的她，是顧慮對方的安危吧？
那位無名公子，會不會因此被逼急了，一時想不開而動了邪念呢？他就這麼想要得到橘家小姐嗎？
「……」
岦齋覺得一股無名火從心底滾滾沸騰起來。
那位不知道名字和長相的公子太自私了，教人生氣。
想到橘家小姐為那種公子痛心、認命的心情，就覺得她很可憐。
還是期待晴明把命或什麼都豁出去，努力收服十二神將，打倒那個怪物吧！
這樣最好，就這麼做吧！
岦齋自己做了決定。
忠行從弟子的表情看出他在打什麼鬼主意，微瞇起眼睛叫喚他。
「喂，岦齋。」
「什麼事？」

氣得正想摔破香爐的豈齋，目光炯炯地看著師父。

老人嘆口氣說：

「你的心情都寫在臉上啦！」

「唔。」

豈齋啪唏啪唏拍打臉頰做掩飾。

這時候，香爐發出了嘎噠嘎噠的聲響。

「嗯……？」

他們不由得低頭看。

原本緊緊蓋著的蓋子咔噠咔噠地抖動起來，好像有什麼東西要從裡面衝出來。

身體跟著扭動起來的豈齋，隔著布拿著顫抖的香爐，感覺有東西蠕動著從手掌往手臂攀爬而上。

「唔！」

豈齋倒抽一口氣，嚇得放開了香爐。

一道黑煙般的鬼氣彈起了快鬆開的蓋子，從香爐噴射而出。

「什麼?!」

「豈齋，快閃開！」

賀茂忠行大驚失色。豈齋猛然往後跳，黑色鬼氣向四方擴散。

眼前只見一片黑煙，豈齋結起了刀印。

「吹來之風，如同白刃！」

他唸了召喚無名風神的神咒，但被師父築起的結界阻擋，白費了力氣。

有東西在黑煙中蠢動。

「師父！」

在黑影另一邊的師父不知道有沒有事，怎麼叫都沒回應。

「師父，您沒事吧？」

他邊叫邊用雙手結印。

萬萬沒想到，會有這麼一天，在皇宮的陰陽寮裡展開實際作戰。

「嗡、阿比拉嗚坎、夏拉庫坦！」

他集結靈力。

從懂事以前，他就在故鄉開始深入學習種種法術。

在他出生的地方，主要是學習利用詛咒或使役進行的暗殺術，祈禱和驅邪除魔是其次。

但是光這樣不夠，那裡沒有岦齋真正想學的東西。

所以他離開故鄉，來到了京城。

黑煙之中有個纏繞著鬼氣的身影，感覺到岦齋的敵意與靈力，緩緩轉過身來。

一股戰慄貫穿岦齋的胸口。

假如貿然出手，很可能瞬間就會沒命。

這不是預感，而是確切的判斷。

「豈齋！」

賀茂忠行大叫。緊張的聲音是在阻止弟子輕舉妄動，他也是在剎那間，就看出了力量上的懸殊差距。

狂跳的心臟把呼吸都打亂了，豈齋儘可能調節呼吸的節奏。

呼吸是一切的基礎。氣息太過短促，就無法發揮原有的力量，也不能集中思考。要經常保持深邃、沉穩的氣息，才能冷靜面對事情。

他在心中默唸著神咒，一次又一次地重複，消除所有多餘的雜念，同時定住不動，緊盯著黑煙裡的身影。

耳中只聽見自己不斷重複的呼吸聲。已經消去所有雜念的意識，沒有任何東西進得來。

鬼氣震盪著。

豈齋瞪大了眼睛。掉在渡殿上的香爐，像被推動般在地上滾動。

就在他一時分心的剎那間，飄蕩的黑色鬼氣捲起了小型狂風。

「唔……！」

豈齋本能地閉上眼睛。下意識築起來的保護牆將他團團圍住，就在保護牆完成時，鬼氣爆開了。

他被捲入爆炸裡，受到強烈衝擊，大聲叫喊，但聲音都被爆炸聲掩蓋了。

在昏過去的前一刻，他只想著師父是否平安無事。

✦ ✦ ✦

據說，在遙遠的國度，不知道是伯耆國還是因幡國，有座沙子綿延不絕的山丘。

據說，在大海彼方的大陸深處，有一大片無邊無際的沙漠。

往大陸西方不斷前進，翻越許多山頭、渡過許多河川，花費曠遠漫長的歲月，走過名叫「絲路」的大道，就會到達只有沙子的地方，那裡的荒涼，筆墨難以形容。那兒有時會颳起狂風，吞噬所有的東西，捲起漫天沙塵。

這些都是他從書上看到，或是聽來自那裡的人說的。他從來沒去過，也不可能見過。不過，他對那麼遠的地方毫無興趣，只是當成必要知識收入大腦裡而已，沒有其他目的。

他這輩子應該都沒機會去，也不想去。原本以為，除非是接到聖旨，否則自己絕不會去那種只有沙子的地方。

「唔……！」

晴明緊緊閉起眼睛，用雙手擋著臉，即使如此，打過來的沙子還是鑽進了眼睛的縫隙。用狩衣的袖子堵住鼻子和嘴巴，才勉強可以呼吸，但還是有種難以言喻的窒息感。

捲起沙塵的暴風，已經狂吹了好一陣子。

不管他怎麼努力往前走，都會被逆風往後推，腳下的路也被風吹得亂七八糟，簡直是寸步難行。

「可惡……！」

明明是沿著河往前走，河流與綠樹卻在不知不覺中消失了。腳下變成一片荒野，光禿禿的地面上只有高高低低的岩石。在漫無目的的行進中，腳底的觸感逐漸變得柔軟，低頭一看，居然是沙漠。

這應該就是沙漠吧？晴明不太確定，因為是第一次看到。

放眼望去都是沙子，正猶豫著該往哪裡走時，風勢逐漸增強，沒多久就形成了暴風。現在，晴明進退兩難。

他對沙風暴的憤怒，已經超越極限。面對這種沒有生命的物質，他也知道這樣的用法絕對錯誤，但是打從出生以來，他真的從來沒有過這麼強烈的殺機。

太悲哀了，為什麼非得在這種不知名的詭異地方，被夾帶沙塵的暴風吹成這樣不可呢？

他來這裡，是為了把十二神將納為式，不是來被沙風暴玩弄的。

從最初現身的天空，到玄武、天一、太裳和天后，已經有五名神將願意跟隨他了。既然這樣，他想剩下的神將也差不多可以妥協了吧？改變對他的看法，立即現身，爽快地跪下來，降服於他。

或者，即使有五名神將成為使令，也是兩碼子事，剩下的神將還是要各自衡量他的力量，判定及格後才肯成為他的式，否則免談嗎？太可惡了！

晴明愈想愈生氣，氣到頭暈目眩。

他咬緊牙關，盡全力把膝蓋推出去。一把腳抬起來，就會被風抄走，整個人飛出去，所以必須拖著腳走。

因為眼睛睜不開，他只能摸索著前進，萬一有東西飛過來就會被撞傷，但總比張開眼睛被沙子吹瞎好。

咬緊牙關的牙齒發出喳喳聲，聽起來很不舒服，是因為有沙子從嘴唇縫隙鑽進來。他很想用水漱口。

忽然，剛才被納為式的水將閃過腦海。

對了，既然已經被納為式，聽到我的叫喚，應該會出來吧？可不可以召喚願意跟隨自己的神將，命令他們平息暴風呢？

這主意不錯。很好，叫一個來吧？要叫哪一個呢？

正在思考時，晴明忽然覺得頸子一陣寒顫，聲音卡在喉嚨。

有神氣。他知道那是神將的神氣，但不知道是哪一個。

而且那股神氣並不友善。

「啐……」

晴明不耐煩地咂嘴。

在這種半途而廢的狀態下，就算叫喚自恃甚高的神將們，他們也不屑回應吧！

刻意讓他自己察覺這種事，而不用言語說明，表示他們還不是打從心底服從自己。
壓抑不住焦躁的晴明握緊了拳頭。
沙子的味道更加深了焦躁感。
這片沙漠的盡頭在哪裡呢？自己真的能穿越嗎？
更大的問題是，第六名神將真的有心在自己面前現身嗎？
用袖子摀住嘴巴的晴明低聲說：
「不會嚇得逃走了吧……！」
他以宮中貴族聽到都會嚇得臉色蒼白直發抖的可怕語氣說完後，用力撐起了膝蓋。
假如真的夾著尾巴逃走了，他非改寫《五行大義》不可，讓十二神將是膽小鬼的事永世流傳。不過，在他發現天之帝──天一，又稱為「天乙貴人」──是個女人而不是男人時，就已經證實那本從大陸傳來的書不值得採信。
還有，統領十二神將的居然是天空，而不是天一，怎麼會這樣呢？
也有人說，天空是在天一的正面，因為身為天帝的天一的正面是空位，所以天空被擺在那裡，象徵著「無」。也就是說，公開的書籍會為了隱藏事實，而故意記載相反的事嗎？
「……」
晴明不小心張開了眼睛。
「唔、唔！」

一張開眼睛，沙子就跑了進來，他低聲呻吟，痛得眼淚直流。

是這樣嗎？

書不會記載事實。事實只會被口述傳承，書中只有用來隱瞞事實的謊言。

這麼一想，就能理解天一的性別與職務為什麼都是假的。

一股無名火油然而生。

陰陽寮沒人見過十二神將，所以都死心塌地相信那樣的記載。但是，對從沒見過的東西如此深信不疑，基本上就是不對的。

陰陽寮必須跑在追求學問的最尖端，不該把自古流傳下來的書籍直接當成資料。時代時時刻刻都在變遷，每天都有新的發現，那種不知道是真是假，也無法確認作者真正身分的書籍，怎麼能相信呢？

仔細想想，那些作者真的存在嗎？說不定是哪裡的某根蔥，使用假名、瞎掰身分，隨便編出來的誇張內容。

如果那樣就能被接受，自己說不定也可以寫出流傳千古的書呢！不、不，不是說不定，而是可以，一定可以。走著瞧，我非寫一本不可！

晴明還繼續罵那些連名字都不知道的前輩們，把所有惡毒的話都用上了，罵著罵著，忽然察覺風的溫度變了。

風聲變得澀滯。

火辣辣的感覺扎刺著皮膚。

那種感覺，就像冬天時碰到金屬，產生輕微的衝擊而響起爆破聲。

空氣愈來愈乾燥，狂舞的沙子更是漫天飛揚，發出恐怖的轟轟聲。

晴明勉強穩住了雙腳，覺得自己快被增強的風勢吹走了，這樣下去不行。

還是先找個地方躲起來，等這陣風吹過吧？

才剛這麼想，腦中就閃過言語無法形容的某種思緒。

「……」

風為什麼會這麼強呢？不斷從晴明前進方向吹來的風，彷彿在阻撓他。

晴明在找的十二神將應該都已經聽說了，人類陰陽師來到這裡，是為了將他們納為式。

神將們有各自的特性，擁有五行的力量。

到目前為止，他收服了五名神將。

三名是土將，兩名是水將。

還剩下一名土將、兩名火將、兩名木將和兩名金將。

在陰陽五行中，風屬金，以方位來說是西方。

書中記載的內容，未必是真的。由字面可以判斷，水將、土將和火將分別是操縱水、土、火。那麼，木將和金將呢？

還有，是誰颳起了這陣風？

對了，為什麼沒想到呢？

一冷靜下來集中精神思考，就很容易發現這不是自然風，而是神氣颳起來的。
晴明咬住嘴唇。
不是中了對方的法術，純粹只是沒有餘力去想這些。
沒錯，是他自己把自己逼進了死胡同。
體力和靈力都已經消耗到極限，只能靠意志力支撐了。
現在這時候，那隻可怕的怪物也很可能攻擊橘家小姐，把她擄走。
晴明並沒有答應救她，可是橘家老夫婦懇求他時，他也沒搖頭說不。
橘家小姐能不能活下去，與他無關。
他向來很會假裝沒看見，這次也大可像那樣視而不見，混過去就算了。多管閒事只會給自己找麻煩，得不到任何好處，所以他寧可被埋怨、被怨恨也不想理會。
可是，為什麼自己會待在這種地方呢？
不管想再多次，也想不出答案。不懂、不懂。
他只知道，為了打倒怪物，他需要十二神將。
風的威力繼續增強。晴明使出了所有的力氣，卻也一步都不能前進了。
在連呼吸都很困難的風壓中，耳朵突然出現了耳鳴。
一個「鏘」的獨特聲音在耳膜深處震盪。瞬間，四肢被無形的刀刃割裂了。
「什麼……！」
是真空氣旋？

晴明就地趴下，無數風刃從他頭上飛過。
沒錯，是操縱風的金將。不對，為了避免混淆，應該稱為風將。
可以自由操縱風的神將，躲在沙風暴的某處。
是躲在哪裡呢？
晴明舉起手遮風，從手掌下方怒目而視。
他可不想一直被困在這裡。
風吹個不停。視野被沙子遮蔽了，用看的絕對找不到對方。
要追蹤神氣。
是神將的神氣在操縱風。只要找到神氣來源，就可以找到對方。
晴明調整呼吸。
憤怒還在心中悶燒，可是一旦被憤怒吞噬，感覺就會變得遲鈍。
腦中忽然浮現那個老是厚著臉皮闖進他家的輕浮小子的臉。
他決定等解決所有事後，再拿他好好出氣，現在先把私人感情封鎖在心底。
水火主氣，所以要調整呼吸。
調整呼吸就是調整水火與氣息。
晴明使出全身力氣站起來，在胸前結內縛印，在沙風暴中鎖定目標。
「嗡、嗶唏嗶唏卡拉卡拉吧唏哩索瓦卡、南無馬庫桑曼達吧沙拉達、顯達馬卡洛夏達索瓦塔亞溫、塔拉塔坎漫！」

僅存的少許靈力迸射出來。
晴明不只能使用靈力，還能靠呼吸與宇宙的氣同化，甚至向坐鎮世界的眾神借用神力。
但是，他只知道方法，還沒有實際這麼做過。
晴明身上流著異形的血。妖魔的血緣帶給他異於常人的力量，旁人都覺得那股靈力很可怕。
所以晴明不喜歡過度使用力量，因為這樣的特異功能證明了他是半人半妖。
與真言的唸誦同時完成的不動金縛法術，在沙牆後面化為無形的牢籠。
那麼強烈的沙風暴，居然靜止了。
狂舞的沙子陡然落下來。
晴明顧不得沙子打在身上，直直盯著正前方。
感覺沙雨過了很長一段時間才停止。
不用再擔心真空氣旋的攻擊了。
沒有時間了，晴明在沙雨中跨出了步伐。
沙丘逐漸變成和緩的斜坡，腳會沉下去，要前進一步都很難。但他還是努力踹開沙子往前走，沒多久，腳底的觸感就變得扎實了。
晴明舉起手閃避掉落的砂礫，保護眼睛，卻從腳下颳起一陣風，把他吹得搖搖晃晃。
不知何時，沙子已經從颼颼強風中消失了。

他下意識地環視周遭，不禁倒抽一口氣。
「怎麼會這樣……？」
無法相信眼前光景的他，猛然轉過身去。
背後是無限延展的天空。
不知道為什麼，他居然站在坡面陡峭的懸崖山腰。
他覺得頭很昏，意識逐漸模糊，腳差點踩不穩，趕緊抱住岩石。
冷汗從臉頰流下來。如果是夢，他希望趕快醒來，可是不管張開又閉上眼睛多少次，眼前的景象都沒有改變。
晴明心想，神將們其實是想殺了我吧？
他只有往上或往下的選擇。此時，晴明覺得從底下吹來的強風，好像推著自己往上走。
意思是要我爬上去嗎？
晴明下定決心開始攀登懸崖。
身上沒有任何工具，只能靠自己。在看不見山頂的懸崖往上爬，是精神上的試煉，但既然往上爬了，就不能停下來。
拚命爬到中途，順風變成了逆風。
還形成清楚可見的旋風，從晴明肩頭掠過。
晴明嚇得臉色發白。要是被撞個正著的話，一定會倒栽蔥摔下懸崖。

他不敢往下看。就算知道爬了多高也沒有意義。他堅決不往下看，怕看了會改變主意。

這時，為了不輸給風與旋風而發憤圖強的晴明，眼神忽然凝結了。

他發現這個旋風跟剛才的真空氣旋不一樣，蘊含著另一個神氣。

不用想也知道，一定是繼剛才那個神將之後，又來了另一個操控風的風將。

如果這次來的其實是最後的土將，而風只是他請風將幫個忙而已，那就太過分了，非殺了他不可，格殺勿論！即使把命豁出去，也絕對、絕對要殺了他！

還要看清楚用旋風攻擊攀爬懸崖的人類的，那個罪大惡極的神將長什麼樣子，然後使出全力把他扳倒。如果他們因此拒絕跟隨自己，那也無所謂。會做出那種事的神將，晴明也不想納他們為式。

「你們有點分寸！」

殺氣騰騰的怒罵聲震天作響。

因憤怒而炯炯發亮的眼睛，看到了遙遠的終點——那就是山頂？

靠著憤怒與激動補充力氣的晴明，手終於攀到了山頂的岩石。他靠手肘抵著岩石，把身體往上拖。

好不容易爬到山頂時，氣喘如牛，汗如雨下。

雙手著地、肩膀上下起伏的晴明，察覺到一股視線，緩緩抬起了頭。

沒有風，山頂上煙霧迷濛，遮蔽了視野。

霧濃到離一丈遠都看不見。

晴明重整呼吸，膝蓋嘎吱嘎吱發抖，雙手的前端都失去了感覺。這樣很難結印。

他警戒地瞇起眼睛，回想到目前為止投入他手下的神將們。

包括沒有戰力的天空、玄武、天一和太裳。

還有說自己雖擁有戰力，但力量最微弱的天后。

突然感覺到某個視線，晴明猛然抬起頭。

霧裡飄蕩的氣息，會是操縱真空氣旋的那位嗎？

颳起的風把霧吹走了，晴明看到出現的身影，倒抽了一口氣。

「鬼……?!」

不可能。散發出來的確實是神氣，卻怎麼看都像鬼。

他比剛才見過的幾名神將都高，肌肉發達得嚇人。往後梳的亞麻色頭髮，長度不到肩膀，視線直直貫穿晴明的犀利雙眸是暗灰色。

年紀以人類來說，大約三、四十歲。充滿威嚴的表情精悍、長相端正，一臉嚴肅。

全身裝扮很像以前來自國外的人說過的，從絲路更往西走的國家的拳擊手。沒有攜帶任何武器，像個只以全身肌肉為武器的戰士。

看起來就像為戰鬥而存在的男人。

難道是以戰鬥為目標的鬥將？

晴明吞了口口水，舔舔乾燥的嘴唇，不客氣地問：
「你誰啊？」
神將連眉毛都沒動一下，平靜地說：
「你這男人說話很沒禮貌呢。」
晴明皺起眉頭，被搞得更不高興了。
「你說什麼？」
「你實在不像操縱言靈的陰陽師……不過，對神將使用縛魔術還滿有創意的，我就認同你的實力吧！」
原來他是被縛魔術困住，才停下了真空氣旋？
晴明無言地握緊了拳頭。
冷靜啊！他告訴自己。畢竟對方已經說出了「認同」兩個字，現在充耳不聞才是明智之舉。
晴明默默解除法術後，神將嚴肅地說：
「說出你的名字，再叫喚我的……」
男人的話還沒說完，就從霧中衝出一個嬌小身影，打斷了他。
「不行！」
高八度的聲音撕裂了風。
晴明大吃一驚，張口結舌。

在男人前面翩然降落的嬌小神將全身纏繞著風，狠狠瞪著晴明。

晴明冒失地指著對方，緩緩開口說：

「十二……神將……？」

直直瞪著晴明的眼眸是藍紫色，又直又長的棕髮分成兩半，用異國髮束分別綁在兩邊耳朵上方。肩膀、腰部都綁著好幾條布巾，隨風輕揚，纏繞腰部一圈的布，風一吹就翻騰飛舞。赤裸的腳踝上戴著裝飾用的腳環。看起來像個小女孩，年紀以人類來說，大約六歲或再大一點吧！

小女孩轉過頭對背後的男人說：

「你這麼輕易就要答應成為他的式？這傢伙還一副很瞧不起我的樣子呢！」

然後，她又轉向晴明，挑起眉毛說：

「你為什麼要將我們納為式，一定要說清楚，否則免談！」

晴明怒氣沖沖的嚴厲目光射穿了小女孩。

「理由我已經請天一他們傳達……」

「聽說了！」

「那就不要一直問同樣的事！」

晴明的語氣變得粗暴。

小女孩也不輸給他，鼓起肩膀，衝著他大叫：

「我要問的是為什麼非這麼做不可！」

看著他們唇槍舌劍，男人試著介入打圓場。
「喂。」
「你住口！」
被斷然制止，男人只好嘆口氣退下。小女孩瞪著晴明說：
「為什麼非做到這樣不可？不要管不就好了？那個女孩會怎麼樣，都不關你的事啊！你會這麼做，一定有其他原因吧？」
纏繞著小女孩的旋風逐漸增強，分別綁在兩邊的長髮高高飛起翻騰，嬌小的身體飄到了半空中。
「到底怎麼樣？你敢撒謊的話，我絕對饒不了你！那個女孩跟你非親非故，你為什麼要為她做到這種地步?!」
為什麼要做到這種地步？
這個問題晴明也問過自己幾百幾千次了。
焦躁的晴明終於爆發，大叫起來。
「我哪知道?!硬要說，就是心浮氣躁，看什麼都不順眼！」
小女孩正要頂回去時，男人衝到她前面，攔住了她。
「你不知道，卻要為那個女孩拚命？」
纏繞著男人的風比小女孩緩和許多，由此可以感覺出神氣的強弱，看起來像小女生的神將強多了。

晴明在腦中暗自分析。這麼強勢，只會使唇槍舌劍更激烈，不是明智的做法。最好恢復冷靜，說服他們成為自己的式。

理智這麼告訴他，他卻還是感情用事地大吼大叫。

「誰說我是為了那個女孩！我是為了我自己！要不是為了自己，誰會做這種傻事！」

晴明沒必要撒謊。他這麼做，不是為了任何人。

他只是不能原諒無力的自己，為了安撫找不到宣洩出口的焦躁與懊惱，才會做出這麼不正常的蠢事。

這是他自己決定的事。因為做了這樣的決定，所以現在站在這裡。

小女孩滿臉驚訝地瞪大了眼睛。

「是這樣嗎？」

「就是這樣！」

晴明不由得怒吼回去。怒吼也會削減體力，他卻克制不了自己。

他很少像這樣把激動的情緒表現出來。面對岦齋時，也多少會自我克制。

小女孩與男人無言地相對而視。小女孩像思索著什麼，把手指按在嘴巴上。接著，男人把她抬到肩頭上，轉向了晴明。

「那麼，就這樣吧。」

「總之，我們認同你了。」

覺得頭昏的晴明，沒好氣地回他們：

「什麼？」

小女孩坐在男人肩上，合抱雙臂說：

「你的回答雖然差強人意，但總比偽善好。來吧，人類，說出你的名字，再叫喚我們的名字，千萬不要叫錯。」

小女孩用高亢、洪亮的聲音，高傲地宣示。

晴明感覺快衝破臨界點的情感大逆轉，逐漸平靜下來。

男人只是無言地點著頭，恢復小女孩出現前的模樣。

晴明做個深呼吸，先仔細觀察男人。操縱風的神將，五行屬金，金在西方。

那身裝扮引人好奇。

從肩膀延伸到背部及腰部的鎧甲，是白底黑線，再用粗大的黑色皮帶，在胸前交叉綁住固定。手臂與小腿也套著鎧甲，打著赤腳，下半身的白色衣服一直長到腳踝。

來自外國的圖畫裡，有毛皮很像那種鎧甲的動物。

名字是代表身體。

晴明深吸一口氣說：

「我是安倍晴明，成為我的式吧，十二神將——白虎！」

男人笑了一下，跪下來說：

「沒錯，我正是十二神將白虎。安倍晴明，從現在起，我將成為你的式，聽從你的命令。不過……」

晴明打斷男人說：

「不用你說我也知道，你還不是完全臣服於我，對吧？」

白虎眨眨眼睛，揚起了一邊嘴角。

看起來亂有威嚴的，可能是壯年的穩重感吧？再加上那樣的體格，晴明瞬間閃過這個男人是最強神將的想法。

可是，神將的通天力量好像是依照現身的順序，一個比一個強勁。也就是說，颳起龍捲風的小女孩應該強過白虎，但是看起來卻一點都不像。

小女孩注意到晴明頗有含意的視線，懷疑地問：

「怎麼了？」

晴明搖搖頭說：

「沒什麼，我還以為你們的力量是依照出現順序，愈來愈強……」

小女孩聽出他話中的意思，雙眼閃過強烈的光芒。

她從容地舉起右手，一集氣，通天力量就炸開了。

晴明反射性地交叉雙手護住臉，耳邊掠過龍捲風的呼嘯聲。

嚇得直冒冷汗的他，在雙手的掩護下移動視線，看到地面都被挖起來了。

飄蕩在空中的殘餘通天力量，讓他毛骨悚然。小女孩的聲音冷冷地穿刺耳膜。

「不要小看我，人類，以貌取人是最愚蠢的事。」

晴明看著放下右手、挑起眉毛的小女孩，冷靜地說：

「的確是這樣。」

小女孩從白虎肩上輕盈地跳下來。

疲憊得快倒下來的晴明，強撐起精神說：

「我是安倍晴明，成為我的式吧，十二神將太陰。」

身高還不到晴明腰部的嬌小風將，毅然抬起頭說：

「沒錯，我就是十二神將太陰，從現在起聽命於你。」

太陰腰上的布迎風鼓脹，小小身軀飄浮起來。

「因為你多少還有點毅力，在那樣的龍捲風中爬上來。」

聽到小女孩這麼說，晴明的太陽穴暴出了青筋。

「妳說什麼……？」

意思是她答應成為式，不是因為晴明的靈力或技術，而是因為晴明不屈不撓爬上山頂的毅力？

「……」

晴明連怒吼的力氣都沒有了。

是十二神將的價值標準，教人難以捉摸？還是身為人類，原本就不該去猜測神將的價值標準？

他回想已經成為式的神將們。

天空、玄武、天一、太裳、天后，還有白虎、太陰。

到目前為止看似隨機出現的神將們，好像有某種法則可循。

顧名思義，「神將」就是擁有戰鬥能力的「將」。所謂沒有攻擊能力的四名神將，在戰爭中應該是專門負責防禦。

還有，除了統領十二神將的天空外，其他神將很可能是從力量最弱的開始，依序現身挑戰晴明。

仔細回想，只有這樣的可能性。力量愈強，自尊心就愈高，最強的神將恐怕沒那麼輕易現身。

也就是說，下一名神將會比之前的更強，下下一名又會更強。

這樣的結論讓晴明全身戰慄。

他的體力和靈力都到極限了，現在只是靠毅力支撐著，但也撐不了多久了，正好與對手的強度成反比。

天后的話忽然閃過腦海。

還剩下五名，但是……

「太陰，妳不會是十二神將中最強的鬥將吧？」

晴明問得太離譜，白虎和太陰都張大了眼睛。

「啊……？」

「你在說什麼？」

看到他們兩人的表情，晴明就知道自己的推論錯了。

「啊，沒有啦……因為天后說最好不要把最強的鬥將納為式……」

風將們的臉上頓時沒了表情，整張臉明顯緊繃起來的太陰把嘴唇緊閉成一條線，攀附般抓住同袍的下襬。

高大的神將安撫似的摸著小女孩的棕色頭髮，緩緩開口說：

「就某方面而言……那麼說是對的。」

「什麼？」

「太過強大的力量是雙面刃。」

說得一點都沒錯。

晴明反觀自己。太過強大的力量，有時會把自己都毀掉，的確很危險。

「還有，回答你的問題。」白虎面對晴明，平靜地說：「她非但不是最強的鬥將，還連鬥將都不是。」

晴明啞然無言。太陰聳聳肩說：

「我算什麼，我連鬥將的邊都沾不上，根本是望塵莫及。」

晴明倒抽一口氣。白虎和太陰對他微微一笑，就隱形了。

霧又升起來了。

「望塵莫及……？」

有差這麼遠嗎？差距太過懸殊，連要想像都很難。

呆呆站立好一會的晴明，撥開掉下來的頭髮，嘆了口氣，臭著一張臉抖掉沾滿全身的沙子。

「鬥將」的稱呼未免太直白。

只因為鎧甲是老虎的條紋，就取名為「白虎」，也很直白。還有，那個操縱比白虎強的通天力量與驚人龍捲風的太陰，居然是那種外型。

這些晴明都不太能接受。然而，不管再無法接受，事實還是事實。

他搖搖頭往前走，繼續尋找下一個神將。

真的很想停下來休息，只能告訴自己沒時間了，讓自己振作起來。

＊　＊　＊

那個公子突然冒出來，說要娶我為妻，是什麼時候的事呢？

身體不舒服而躺在床上的她，茫然地想著這件事。

當時，她拒絕了。

她說自己被可怕的怪物盯上了，懇求對方不要接近她。

是的，她真的說了。

自己被怪物盯上了，只要不小心接近她的人都會被排除，所以她不能跟任何人走得太近。

她真的這麼說了，那位公子卻不相信。

不管她怎麼講，那位公子都不理會。
最後終於發生了可怕的事。
啊，果然如此，自己不能跟任何人扯上關係。
公子的死，把她心中的希望全打碎了，連根一起拔除。
被怪物盯上是她的天命，沒辦法顛覆。
就等這條命什麼時候被取走。在那天來臨之前，她只能空虛地活著。唯一的牽掛就是祖父母不知道會多傷心，但這也不是她能解決的事。
她真的徹底死心了。
「……」
想張開眼睛，眼皮卻像鉛塊般沉重。眼角發熱，淚水滑落下來。
為什麼呢？明明已經死心了，只想淡定地過日子，耳邊卻不時響起某個人的聲音，阻撓著她，還有一張臉，浮現眼底。
是牛車暴衝時救了她的年輕陰陽師，還有自稱是陰陽師朋友的年輕人。
祖父母一定對那個沉默寡言的陰陽師說了無理的要求。他來訪時，心裡一定覺得很困擾，在自己面前卻完全沒有表現出來。
她對他的心意表示感謝。
而他沒說什麼於事無補的安慰話，就離開了。
她依稀記得目送那再也見不到的背影離去時，心中那種刺痛的感覺。

那位已故的公子，生前來訪時，她都只有難以言喻的沉重感。直到現在，她才想到為什麼，因為那位公子即使笑著，眼中也會不時閃過陰森的光芒。

一陣風吹過，飄來甘甜的味道。

她知道這股香味。

「……」

很想撐開眼睛，卻怎麼也做不到，全身肌肉鬆弛。

祖父母聽說那種薰香有除魔的功效，也跟著那位公子勸她隨時點著香。

她聽他們的話，持續點著香，整個房間都薰成了那個味道。

現在沒有香爐，房內還是彌漫著餘香。

那個人是否平安無事呢？聽說他為了救自己，連命都不要了，好想告訴他，不要再為自己冒險了。

淚水又從緊閉的雙眼滑落。

她被怪物盯上了，所以不希望任何人接近她。也以此為由，拒絕了那位公子的求婚。

其實那不是真正的原因。

她是害怕那位公子。從他的眼睛深處，隱約可見陰森的光芒，那才是他的本性。她其實是害怕那樣的他。

不知道那位公子是不是察覺了？還是沒察覺就死去了？

枕邊響起咔咚的聲音。

她的肩膀顫抖起來。香味愈來愈強了。

每一次呼吸，香味都會從鼻中侵入體內，使意識逐漸渙散。

有隻冰冷的手無聲地摸著她的臉，摸得她全身寒毛豎立。還有人逼近她，在她面前吐著氣。

她的手腳都無法動彈，只能擠出僅存的所有力量，拚命張開眼睛。

朦朧的視野中有個輪廓。

當飄忽不定的焦點好不容易固定住時，她抽搐般地倒抽了一口氣。

「啊……」

那張臉有雙目光陰森的眼睛，她絕對不會認錯，是那個已故的——

她全身顫抖，喉嚨凍結，發不出聲音來。

應該已經身亡的公子，以虛假的表情對她笑著。

「……——」

沒多久，她覺得眼前一片黑，所有感覺又逐漸遠去了。

在墜落黑暗的深淵前，閃過她腦海的是——那個年輕陰陽師的臉。

# 5

纏繞四肢的白霧，有種濕熱的感覺。
霧是由細微的水分構成的。在霧中前進，濕掉的衣服會增加重量。
擦拭濕淋淋的額頭時，已經分不出是冷汗還是霧。
晴明氣喘吁吁地往前走。
吸進來的霧是溫濕的，感覺心情更加沉重。
前進一小段路後，晴明發現飄過的風愈來愈濕熱，停下了腳步。
大氣中飽含水氣，重量不輕，但剛才的感覺是冰涼的。
他不知道自己前進了多少距離，但應該還沒走遠。
氣溫卻上升了。
濃濃籠罩的霧幕，似乎一點一點散去了。
觸電般的感覺掠過脖子。
這是危險的警告。
體力與靈力還是一樣到達極限。隨著體力的消耗，狀況更加惡化。

腳還勉強可以動，但現在遭到攻擊，恐怕毫無招架之力。

想把十二神將納為式的人，從前不是沒有，只是書中沒有記載。無論在任何時代都有胸懷大志的人。

召喚神將是第一道難關，多數人會在這個關卡挫敗。就像差點放棄的自己那樣，被自己的無力擊垮，詛咒自己的無能。

之後，即使召喚得到第一個十二神將天空，假如他不回應，其他神將恐怕也都不會現身。

十二神將的存在，是否值得自己付出這樣的心力呢？

晴明甩甩頭。人在疲勞的時候，很容易會產生負面想法。

不能再拘泥這種事了。直覺告訴他，他需要所有的十二神將，所以他全部召喚了。假如只召喚冠有四神之名的四名神將，或是選定某幾名個別召喚，譬如天一、天后，說不定會比較容易辦到。

他決定等事情解決後，再詳細詢問他們。成為他們的主人後，他們起碼會回答這樣的問題吧？

現在的狀態真是糟透了。一個人瀕臨極限邊緣，才會靠想像事情結束後的美好景象來振奮當下的自己。

哪怕是一刻也好，他好想在哪裡休息一下、打個盹。

從剛才開始頭就很暈。半拖著走的腳，就像失去感覺的木頭。

身體好重，好想休息，好想睡覺。

恨不得拋下一切不管了。

他掩住眼睛，吐口氣，把胸中的空氣全吐光了。

來這裡，是為了他自己。而迫使自己做到這種地步的理由，到底是什麼？

他自己也不清楚。某種捉摸不清的東西在心底最深處喘息著。那東西在深淵的黑暗中，怎麼也抓不住。

說不定是為了知道那東西的真相，他才不停往前走。

活在夾縫間的晴明，一旦太過接觸妖魔鬼怪，就會離此岸愈來愈遠。

神將屬於「非人類」的存在，把他們納為式，很可能讓安倍晴明被排除在人類之外，也變成非人類。

為了救跟自己無親無故的女孩，做到這種程度，對自己究竟有什麼好處？

太大的力量，人類的身體承受不了。太強勁的力量，就像雙面刃。這句用來形容最強鬥將的話，也能套用在晴明身上。

擁有那樣的力量，已經不是人類了。既然不是人類，那又是什麼呢？

等事情結束後，自己會不會跟妖魔鬼怪一樣，活在非此岸也非彼岸的地方？

忽然，神將們意有所指的表情閃過腦海。

天后說神將們答應成為式的理由，不久後他就會知道。

然而，晴明到現在還是搞不清楚，心情忐忑不安。

那東西在自己體內，必須自己去發掘，可是過程非常煩瑣，他只想儘可能避開。更何況，他現在也沒空去做那種事。

他振作起來，繼續往前走，感到有陣風拂過臉龐。

好熱。

他不由得停下腳步，雙眸泛起緊張的神色。

霧被吹散了。不是被風，而是被迸射出來的神氣排除了。

有個身影佇立眼前。

不逃避、不躲藏，堂而皇之地站在那裡。

晴明瞪大雙眼。

之前的神將都是赤手空拳，眼前這名神將卻揹著又長又大的武器。

年紀顯然比晴明小，是個將近二十歲的年輕小夥子。個子跟白虎差不多，或是更高，但身體沒那麼壯碩，乍看會覺得過瘦，不過仔細觀察，會發現他的肌肉結實得恰到好處，沒有半點贅肉。直豎的頭髮是深紅色，看起來像短髮，其實脖子後面還有一束頭髮，迎著神氣起伏搖擺。

暗金色的眼睛清澈明亮。裸露肩膀的黑色無袖衣服，與身體的曲線完全服貼，白色腰布下穿著鎧甲，是機動性十足的奇特裝扮。只有綁在額頭上的白色頭巾給人突兀的感覺。

不過，最吸引晴明目光的，還是他背上那把大刀。

神將把右手擺在刀柄上，大刀的寬度有神將背部那麼寬，長度也跟神將的身高差不多。

晴明屏住了氣息，心想那把刀砍下來，八成會被一刀砍成兩半，來不及逃。

年輕人取下背後的大刀，把刀尖粗暴地指向晴明。

從大刀的尺寸來看，應該相當重，神將卻只用一隻手輕輕握著刀。

刀尖對準了晴明的喉嚨。被刀氣震懾的晴明，動也不敢動一下。

對方散發出來的通天力量氛圍，比之前遇到的任何神將都強勁、劇烈。

迸射的神氣是熱的，帶著淺紅色，由此可見，是個火將。

他用大刀指著晴明，嚴肅地說：

「想把我們納為式的人類，我有話問你。」

晴明默默點點頭。對方的犀利眼神，絕不容許他逃避。

「我手上的武器，是只委任於我的力量的具體呈現。你是否有決心，跟我共同扛起這樣的責任？」

大刀的刀尖，在神氣下閃爍著淡淡的光芒。

晴明皺起眉頭說：

「什麼責任？」

年輕人發出嚴肅的言靈。

「我背負著仲裁的任務，這把刀是殺死神將的火焰之刃，用來埋葬犯錯的同袍。」

晴明瞪著眼前的刀尖，喃喃地問：

「決心的意思是……？」
晴明吞了口口水，做個深呼吸，在心中重複那句話：
殺死神將。
這是十二神將中，唯一一名神將被賦予的重責大任。自己要把這名神將納為式，就得跟他共同扛起這個責任。
晴明的眼神變得嚴峻。
「十二神將的名字，不是排列在眾神之末嗎？」
「正是。」
年輕人凜然回答，晴明的目光更加激動了。
「縱使是居末位，也是躋身眾神行列的神明，竟然會在緊要關頭，把下決定的責任推給區區一個人類？」
年輕人眨眨眼睛，瞪晴明一眼，然後微瞇起眼睛說：
「隨你怎麼說。」
被對方眼神射穿的晴明，心涼了半截。走到這裡，幾乎耗盡了他所有的體力。
萬一惹毛這個年輕人，遭到攻擊，他完全沒有自信可以抵抗。
但怕歸怕，他還是繼續反駁對方的質問。
「更何況，居眾神之末的神明怎麼可能犯錯呢？既然是神，就不該犯錯吧？」
年輕人冷冷一笑說：

「哼……神就不會犯錯嗎？」

「會犯錯的神，有什麼意義呢？」這是晴明的真心話。

「人類。」冷靜而強勢的聲音，把晴明壓得說不出話來。暗金色的眼睛目光炯炯有神。「把我們製造出來、讓我們成為神的是人類。如果我們會犯錯，也只是遵照你們人類的意思去做而已。」

從神將全身冒出蒸騰熱氣般的鬥氣。

「想讓我們成為使令的人類啊，你被賦予的責任，不是我們的生死，而是自己要如何活下去、要如何規範自己，僅僅只是如此。」

大刀的刀尖直逼晴明的喉嚨。

「人類是會說謊、變來變去的狡猾生物。會嫉妒比自己優秀的人，仇視比自己出色的人，憎恨得天獨厚的人，嘲弄不會說謊的人，欺凌心善的人。嶄露頭角的人會被攻擊，拖下來踐踏。」

年輕人的話，從頭到尾都很平靜、淡然，卻像白刃般犀利，毫不留情。

晴明咬住了嘴唇。

如他所說，人類的確卑鄙、骯髒又膚淺。

神將低聲竊笑。

「你想得到力量，卻不願意負連帶責任。」

刀刃放射出來的刀氣觸及喉嚨，使晴明全身起雞皮疙瘩，呼吸困難。

居眾神之末的年輕神將斬釘截鐵地說：

「自恃甚高的十二神將，絕不可能跟隨你這種卑鄙的人。」

胸口撲通撲通狂跳起來。

好幾個光景從晴明腦中奔馳而過。

那些追求權力、彼此玩弄計謀、陷害政敵、相互排擠的貴族們，瞧不起流著異形之血的晴明，卻為了利用那股力量靠近他。

神將說得沒錯，人類的確是卑鄙又狡猾。

所以晴明討厭人類，甚至可以說是憎恨。

他打從心底厭惡自己身上的另一半人類的血。

然而，他終究是繼承了人與變形怪兩方的血，只能活在夾縫中，沒辦法徹底靠向某一邊。

因為他在這世間活得太久，去不成了。

人類在七歲前，都還是神之子。過了七歲，才遠離神，成為人。

父親希望身上流著變形怪之血的兒子，也能跟人類一樣活下去，所以熟知此岸與彼岸的陰陽師賀茂忠行便收他為弟子，盡全力把他留在這世間。

但是這樣真的對晴明比較好嗎？

他體內的變形怪之血，渴望見到黑暗。那個聲音愈來愈清楚，把他拉向了既非彼岸、也非此岸的黑暗深淵。

沒有拒絕變形怪化身的女人，是他體內的變形怪天性在作祟，也是已經厭倦活在夾縫的他的意願。

晴明緊握的拳頭顫抖著。神將直直盯著他，冷冷地接著說：

「人類啊，你們說謊、欺騙同胞、陷害同胞，就跟呼吸一樣平常。」

晴明咬住了嘴唇。沒錯，這就是人類這種生物的本質。

話語是言靈，確實存在著力量，而人類卻經常推翻說過的話，滿口違心之論，對說的話毫無感覺。

「不只同胞，連自己都騙，看不清楚真相。這樣的人類，也想把活過漫長歲月的我們納為式？——太可笑了。」

神將的直言不諱，比抵在喉嚨的刀尖更銳利，深深刺進晴明的心。

人類會輕易違背說的話，輕易違背自己的心，笑著侮蔑他人、嘲弄他人，開心地看著他人瓦解崩潰，從中找到自己的幸福。

還有比人類更醜陋的生物嗎？

這種事，晴明也知道，而且比任何人的感受都深。因此，長期以來他都詛咒、疏遠、忌諱並厭惡自己體內的人類之血。

「……」

忽然，晴明的心靜下來了。

回看神將的雙眸失去了感情的波濤，凝結不動了。

非人類的十二神將，揭開了晴明心中黑沉沉的負面思緒，把那些思緒全都擺在晴明眼前。

讀取人類的心，對神來說是輕而易舉的事。

所有色彩都從晴明眼中消失了。神將看到後，稍微收回了刀尖。

「在你來這裡的途中，我們的同袍都跟你做了約定。他們永生永世都不會違背——人類啊，」更加熾烈的言靈貫穿了晴明的心。「語言和心都很容易犯錯。假如發生不得不用此刀埋葬同袍的事，那麼，一定是你的心違背了約定。」

神將剛才說的話，在晴明腦中浮現——

把我們製造出來、讓我們成為神的是人類。

當時他只是聽聽，沒多想，現在仔細思考，愈想就愈覺得是驚人的事實。

冠上神名的十二神將，居然是人製造出來的。

晴明不由得張大了嘴巴。

「……是人類……」

神將精悍的臉上露出疑惑的表情。

「你說十二神將是人類製造出來的……？」

狡猾、醜陋的人類，怎能製造出這麼高潔的存在呢？

十二神將嚴肅地回答：

「是人類的言靈製造出我們，決定了我們的性情。我們可以說是人類之子，所以，不能認同容易犯錯的人心。」

他們說不能認同，不是他人不能認同，而是他們不能認同。

在這方面，晴明本身也抱著同樣的想法。

他無力地閉上眼睛，垂下頭。

儘管心存強烈的厭惡感，卻還是無法離開這裡，他好恨這樣的自己。

一直以來，他都不想跟人有什麼瓜葛，更不可能對誰敞開心。說實話，他一點都不想為誰做什麼。

無論身旁的人再怎麼做表面工夫，內心想的都一樣。

他們覺得變形怪與人類的孩子很噁心、很猥褻、很可怕。

因為這樣的血緣，晴明遠比一般人聰明，可以明確看出他們心中的真正想法，人們發現他有這樣的能力，就更怕他、更厭惡他了。

「我再問你一次，人類。」

晴明緩緩回看神將。

「我被賦予裁決的任務，你是否願意接受殺死神將的力量，並負起這個力量的連帶責任？」

在酷烈目光的注視下，晴明反射性地想立即回應。

誰要扛起那種責任嘛！

「……唔……」

居然沒辦法發聲。嘴唇的確動了，話卻卡在喉嚨，說不出來。

阻撓晴明的，是瞬間閃過腦海的身影。

晴明倉皇失措。為什麼會在這種狀態下，想起她的臉呢？

於是，他豁然省悟。

他討厭人類，完全不想跟人類維繫任何關係。把麻煩攬在自己身上，是最愚蠢的事。假裝沒看見就行了，他一直都是這麼做的。反正與自己無關，只要蒙住眼睛、摀住耳朵，事情總有一天會過去，也會從人們的記憶中消失。就只是如此。

他滿不在乎地想，自己就是要這樣，像霧般、像泡沫般從人世間消失，不留半點痕跡在任何人心中。

不帶絲毫的眷戀或後悔，消失後也沒有人會再提起自己。

如果說人類的世界是光明領域，那麼變形怪棲息的一方就是黑暗領域。

晴明經常待在黃昏裡。只要跨出一步，就是黑暗、妖魔的領域。

已經納為式的十二神將的臉，一一浮現又消失。

他們是冠有神之名的存在。他們是人類製造出來的；是人們的心、正面的光明製造出來的。

像自己這樣的人，不應該碰觸他們。

「……」

他不自覺地向後退。不是害怕；硬要說的話，應該是敬畏。

為了把神將收為使令，他不顧一切衝到了這裡，沒有多想什麼。

把神將收為使令，是為了打倒那個可怕的怪物，他只想到神將的通天力量應該可以辦得到。

然而，眼前這名年輕人的話，一棒敲醒了晴明。

收為使令之後呢？

把十二神將納為式的人，必須永生永世背負起帶領他們的義務。

納為式就是這麼回事。只要晴明還活著，神將們就必須聽他使喚。

晴明可以自由操控他們的力量，但有時也必須負起責任，裁定該不該抹消他們的存在。

自恃甚高的十二神將，自尊心高得令人暈眩。他自認沒有資格帶領他們。

晴明討厭人類，忌諱人類。

不，是憎恨。

這樣的人怎麼可以做裁定呢？

「人類啊——」沉默許久的神將，雙眸閃爍著酷烈的光芒。「你剛才逃開了，這就是你的答案嗎？」

晴明沒辦法回答。他沒逃，但他的心確實不願面對。

傲然而立的年輕人，全身迸出蒸騰熱氣般的鬥氣。

從鬥氣衍生出來的風襲打著晴明的臉，熱得像被火焰搧到。

第八名神將輕輕揮舞手上的大刀，向晴明宣告：

「我們不屑認你當主人，你不但逃避責任，還欺騙自己的心，又沒勇氣去面對。」

大刀的刀尖微微發亮。

「已經完成的約定，在你死去之前都不能撤銷，所以，我要當場殺了你。」

這句話像冰刃般刺穿晴明的耳朵。

晴明完全被震懾，全身不能動。

神將的判斷是對的。

像他這樣的人，收十二神將為使令，哪天會釀成大禍。

總有一天，他會使喚可說是人之子的十二神將，與人類為敵。

為了避免這天到來，年輕人揭露晴明的內心，逼晴明面對。

這麼做可以保護他的同袍們、保護他們的自尊，不讓他們面子掃地。

晴明嘆口氣。

太累了。已經身心交瘁，不想再思考任何事了。

他活到現在，沒有眷戀、沒有後悔。

是的，也沒有希望、沒有慾望，什麼都沒有。

神將揮下了大刀。

剎那間，耳朵深處響起柔弱的聲音。

——這就是我的天命吧……

晴明的雙眸浮現一絲光芒。

活到現在，他沒有過眷戀、沒有過後悔，沒有跟任何人有過瓜葛。

他身上流著異形的血。

這是無法改變的宿命。

他在人類與變形怪的夾縫間搖來晃去。

這是不時會玩弄他的命運。

那麼，天命呢……

應該是不抗拒，上天就會捨棄那顆心吧？什麼都不做，只會嘆息的人，絕對得不到上天的幫助。

那麼，哭著說是天命的人，為什麼不掙扎著顛覆命運呢？

晴明知道。

不那麼做，是因為深信絕對改變不了。

就是認為改變不了的那顆心，使天命成了注定無法改變的命運。

懷抱一顆放棄的心，沒辦法顛覆天命。

晴明握緊了拳頭。

人類會彼此偽裝、欺騙、傷害、誣陷，只會做表面工夫，看不到絲毫的真心，所以他討厭人類。

然而——

「在這種時候……」

聽到他喃喃自語的神將，停住了大刀。

晴明瞪著年輕人。

克制不了的情感在心中捲起漩渦。直到這一刻之前，他都不知道自己也有這樣的激動感情。

「人類的確是醜陋又愚蠢的生物，這一點我比誰都清楚，但是……！」

那個女孩落淚了。她斷念地說那是天命，請晴明不要為她做任何事。

她會那麼講，是因為不想把晴明捲進來吧？

「我知道人類不只是那樣。人類這種生物，就算再愚蠢、再骯髒，也會為某個人哭泣、為某個人設想、同情某個人。」

「那又怎麼樣？你是說你是那樣嗎？」

冷透的話語扎刺著耳朵，晴明只能把話吞下去。

「你無法回答，這就是你的答案。」

「唔——！」

晴明張開緊握的拳頭，在胸前結起手印。

深深吸口大氣。

他無法回答。不過，現在也不是玩「你問我答」的時候。
神將握著大刀，佇立在他面前。他瞪著刀尖大叫：
「即使如此，我還是為了把十二神將納為式來到了這裡！」
「為什麼？」
年輕人打破砂鍋問到底，晴明激動地怒吼：
「不要讓我一再重複同樣的話！我是為了打倒怪物！」
他使出了全身僅存的力量。
無論如何都要壓制對方，讓對方答應成為他的使令。
「嗡——！」
瞬間出現光的魔法陣，包圍了晴明與神將。
年輕人轉移視線，剎那間分了神。
晴明迅速改變手印，同時唸起咒文。
「謹請甲弓山鬼大神，降臨此座，縛住邪氣惡氣！」
神將看著晴明的手，低聲嘟囔：
「這是槍之印……居然對神將使用秘傳的縛魔術，太瞧不起人了！」
晴明瞇起了眼睛。他的招數完全被看破了，但不能就此收手。
「謹請天照大神，擊退邪氣妖怪！」
日之印改為天結之印。

「以天之雙手縛住……！」

霎時眼前一片黑暗，頭暈目眩，意識無法集中。

到極限了。

只靠力氣撐住的膝蓋，終於彎下去了。

膝蓋與手同時著地的晴明，肩膀上下劇烈起伏著。

呼吸異常地急促、激烈，冷汗直冒，額頭都濕透了。

從未經歷過的寒冷，襲擊晴明全身。

耳邊有聲音轟轟作響。他明明張著眼睛，眼前卻逐漸轉暗。

在昏暗的視野中，他看到一雙腳慢慢靠近他。

身體好重，連頭都抬不起來的晴明，突兀地想起一件事。

啊，果然是赤腳。

護腿只到腳踝，露出光溜溜的腳丫。

那雙腳在眼前停了下來。神將問氣喘吁吁的晴明：

「人類，你想使喚我們十二神將的理由是什麼？」

都什麼時候了，還問這種事。

真是氣死人了。

晴明好不容易才擠出一句話。

「我說過……我是為了打倒怪物！」

神將低頭看著晴明，閉上了眼睛。

再睜開時，雙眸泛起難以形容的神色，注視著雙膝著地垂著頭的人類。

神將舉起了大刀。

「我們沒理由要服從虛假、欺騙人的人。」

晴明握緊了拳頭。

自己一點都不虛假，從來只說真心話。

「我……！」

強撐著抬起頭的晴明，視野突然被一片金色覆蓋。

他屏住了氣息。那是鮮豔的金色，像絲線一般。

握著大刀往下砍的神將，愕然張大了眼睛。

那麼大的刀，想必很重。用力揮出去後，臂力再強，恐怕也很難阻擋那股力道。

神將卻全力止住了大刀。

「唔……！」

響起啪鏘一聲。

有東西掉下來。咚吵落地的東西裂成了兩半，是牡丹花樣的髮飾。

盤起的一綹頭髮失去支撐，散落下來。

金絲線的波浪拂過晴明的臉，他茫然低喃著：

「天……一……？」

出現的是已經答應成為式的十二神將天一。

她背對著晴明，跪在地上，攤開了雙手，像是要以身體保護主人。

還不知道名字的十二神將的大刀，劈開了天一的髮飾，卻在千鈞一髮之際停下了大刀。

天一凝然不動，直直注視著同袍。

大驚失色的年輕人，臉色比白紙還要蒼白。

他握著大刀的右手微微顫抖。仔細一看，他是毅然伸出左手，擋住了大刀。

年輕人左臂上的護具，發出微弱的聲響碎裂了，暴出青筋與血管的臂膀劃出一條紅線，從那裡流出來的紅色液體，啪答啪答滴落。

天一看到滴落的鮮血，張大眼睛，啞然失言。

「你……」

年輕人用力深吸一口氣，從容地拋開了大刀。

滾落地面的大刀，發出洪亮的聲響。

晴明看到年輕人出乎意料的舉動，已經目瞪口呆，再看到他接下來的行動，更是大吃一驚。

「妳在幹什麼？天貴！」

年輕人邊大吼大叫，邊雙手托住天一的臉頰，粗暴地把她拉過來。

「妳有沒有受傷？有沒有？啊，如果再慢一點停下大刀，我不但會詛咒自己，甚至連砍下這顆頭都還覺得不夠！」

連聲音都驚慌失措的年輕人，撫摸著天一凌亂散落的頭髮，以指尖確認她有沒有受傷。

然後把自己的額頭貼在她額頭上，鬆口氣，把胸中的空氣全吐光了。

「為什麼做這麼危險的事！」

衝到往下砍的大刀前，實在太瘋狂了。

天一把手疊放在年輕人手上，輕輕按住他手臂上的傷，平靜地說：

「因為你堅持扮演不適合你的壞人角色，不肯罷休啊。」

年輕人倒抽了一口氣。

「其實你已經做了決定，不是嗎？為什麼還要說那種話逼迫晴明大人……」

「天貴、天貴。」年輕人甩甩頭，緊緊摟住了天一。「不要再說了，這件事我非問清楚不可。」

天一把他推開，難過地皺起眉頭說：

「晴明大人想將我們納為式的理由，你不是已經聽說了嗎？還能有其他什麼理由呢？」

「不，還有。」他說得斬釘截鐵，望向天一背後的晴明。「這個男人欺騙了自己的心。」

天一訝異地回過頭，看著跪坐在地上的晴明。

「欺騙……？真的嗎？晴明。」

晴明沒有回答。

不，應該說沒辦法回答。

因為眼前發生的事，讓他看得目瞪口呆。

年輕人半瞇著眼睛，對無言仰望著他們的晴明說：

「天貴在問你話，快回答啊！人類。」

「……」

晴明看得兩眼發直，心中暗罵：「這小子！」

他慢慢舉起手，指著他們兩人，張開了嘴巴。

其實他並不想問，但為了謹慎起見，還是有必要確認一下。

「可以問你們一件事嗎？」

「等你回答天貴的話後，我可以考慮回答你。」

晴明挑動眉毛，推斷問這傢伙也不會有結果，立刻把視線轉向了天一。

「你們是什麼關係……」

美少女害羞地微微一笑。

那個表情說明了一切，勝過千言萬語。

「……」

神將也有性別和個性。

從神治時代開始，就少不了男女之間的戀情，十二神將會在同袍之中發生這樣的情感，並不稀奇。
的確不稀奇，但是在這種緊張的狀態下看到，不只晴明，恐怕任何人都會看得心神渙散吧？
憂心忡忡的天一雙手伏地，對深陷灰暗感情漩渦的晴明說：
「對不起，請您平息怒氣。」
她轉頭往後瞥了年輕人一眼，又接著說：
「這位同袍背負著左右我們十二神將命運的重責大任，所以才會對您說那些心口不一的話，想看清楚您的心……」
「天貴。」
洪亮的聲音把天一嚇得倒抽了一口氣。
她回頭一看，年輕人面對她的表情驟變，冷到了極點。
「就算是妳，也不能再替他說什麼，讓開。」
語氣一點都不嚴厲，天一卻像受到苛責般垂下了頭，默默退到年輕人背後。
晴明有點驚訝。
從他們剛才的言談舉止，晴明還以為年輕人對天一完全沒轍，看來並不是這樣。
不過，話說回來。
年輕人是那麼真誠地觸摸所愛的人，說出了內心的話，而天一也是坦然接受，並且回以同樣的情感。

沒想到這世上真的存在這樣的關係，晴明只在故事與詩歌中看過。

多麼諷刺啊！

人世間沒有的東西，居然存在於人之子——傳說由人類想像出來的十二神將中。

晴明歪著嘴，鄙視地笑著。

不，就是因為不存在，才會想、會期盼、會冀望。

什麼愛情啦、愛戀啦，都只是幻想。人都是用這些話來騙人或被騙，再為被騙的自己哀嘆、厭世，或埋怨、仇恨對方。

神將對一臉冷漠的晴明說：

「你為什麼想把我們十二神將納為式？」

晴明覺得頭昏。

這個年輕人是白癡嗎？會不會神將也有頭腦好與壞之分，而他是其中最笨的一個呢？

不過，彷彿會將人射穿的犀利目光，還是逼著晴明回答。

晴明咂咂嘴說：

「我不是說過很多次了嗎！我要打倒怪物……」

「不對。」年輕人打斷晴明，合抱雙臂說：「我一再告訴你，人類會自我欺騙、自我隱瞞、自我催眠。你繼續自我欺騙、自我隱瞞，我就不會成為你的式。」

暗金色的雙眸閃過亮光。

「因為我不能把我們的命運，交給欺騙自我的人。」

年輕人低頭看著晴明，嚴厲地說：

「不要撒謊，說出你的真心話。你想將我們納為式，是為了什麼？」

被問了這麼多次，晴明已經氣到不想多做解釋了。

現在的他，只有滿腦子的疑惑。

「什麼意思？」

「都到這種關頭了，你還裝傻逃避？太窩囊了。」

晴明搖搖頭，對怒目橫眉逼向自己的年輕人說：

「不，我是說真的……」

憑他的力量，打不倒那個怪物。他需要強大的式。對，他需要像十二神將這樣，冠有神之名的強大存在。

他就是這麼想，才進行了召喚儀式。結果被天空帶來這裡，與神將們對峙到現在。

站在後面的天一，輕輕把手伸向怒目而視的年輕人。

「說不定……」

年輕人轉過頭，她平靜地接著說：

「說不定他真的沒發現……」

「……」

年輕人瞪大眼睛轉向晴明。

晴明聽不懂他們在說什麼，疑惑地瞇起了眼睛。

「不會吧……真的嗎？」

「嗯，有可能。天后也說過類似的話，可是，怎麼會這樣……」

晴明直愣愣地看著他們。

天后是答應成為使令的第五名神將。

忽然，她的話在耳邊響起。

——你遲早會知道……

那是什麼意思呢？

她為什麼會答應成為自己的使令呢？

答案可能跟天一和年輕人現在說的一樣。

難道自己體內真的有連自己也沒發現的什麼東西嗎？

晴明舉起一隻手發言。

「拜託你們，可不可以說清楚，讓我明白？」

天一困惑地看著年輕人。面有難色的年輕人，雙臂合抱胸前。天一發現他剛才受傷的左手還淌著血，立刻把手伸了過去，年輕人委婉地制止她，微微瞇起的暗金色眼睛溫柔得令人驚訝。他把手掌放在自己的傷口上，可以感覺到神氣都往那裡聚集了。

「……」

晴明第一次目睹以雙眼對話的情景。

原來不用言語就能相互溝通的關係，這世上真的存在，不是夢幻故事或幻想世界才有的特殊技能。

年輕人把手移開時，手上的傷只剩下輕微的痕跡了。只要傷得不重，是不是神將們都有這種自我療癒的能力呢？

這種能力可以用在他人身上嗎？

晴明默默想著這種事，天一沉靜地笑著對他說：

「晴明大人，你錯看了自己的心。」

「不，」年輕人反駁天一的話，斬釘截鐵地說：「這個男人不是錯看，而是對未知的真相感到疑惑。他害怕知道真相，正因不想知道，所以用自己能夠接受的方式去加以詮釋。」

聽著年輕人的控訴，晴明覺得滾沸的怒氣又回來了。

原本因為太過驚訝都忘了要生氣，現在又被他們講的話惹毛了。

完全搞不懂他們到底想說什麼，晴明不禁懷疑他們說這些話的目的，是不是想故弄玄虛，攪亂他的思緒。

他目光炯炯地盯著他們。

「從頭到尾淨說些莫名其妙的話，不要太過分了！」

平常多少會注意措詞的他，用語變得粗暴了。陰陽師操縱的是言靈，粗暴的言靈會使自己變得粗俗。

然而，現在的晴明根本顧不得那種事了。

「就算你不願意成為我的使令，也用不著說那這種無厘頭的話啊！對你有什麼好處？」

沒想到年輕人平靜地反駁他說：

「奇怪了，我沒說過我不願意吧？」

「既然這樣……你說什麼？」

晴明怒吼到一半，猛然皺起了眉頭。

他剛才說了什麼？

年輕人鬆開合抱的雙臂，撿起剛才拋出去的大刀，又轉向晴明說：

「人類，我問過你好幾次問題，但從沒說過不願意當你的使令。」

晴明反覆回想自己與神將之間的對話。

沒錯，有近似拒絕的言辭、有彈劾般的嚴厲話語，卻沒有直接說過「不」。

「你們人類也常說，話語是言靈。一旦說出言靈中的真意，就不能撤回。」

年輕人把大刀收回背上，直視著晴明說：

「我不是故意要揭露你心中的真相，只是擔心就這樣下去，你一輩子都不會察覺。」

站在他稍後方的天一似乎想說什麼，被年輕人舉起一隻手制止了。

「我不得不下猛藥，因為這個男人將成為我們的主人，必須負起殺死神將的重任，他卻對心境的變化如此生疏，總有一天會違背約定。」

年輕人說完後，以嚴厲的眼神盯著晴明。

「說出你的名字，再叫喚我的名字吧。不可以叫錯，名字是我們力量的來源，代表著我們的屬性。」

「這也太突兀了吧……」

「等完成契約後，我再告訴你，你錯看的心中真相。」

晴明長吁一口氣，交雜著煩躁與無耐。

他還是搞不懂這個男人到底想說什麼，但是難得對方答應了，他當然不能放過這樣的機會。

努力做個深呼吸後，晴明思索著，這是誰呢？還剩下五名神將。

他目不轉睛地盯著年輕人。

背上有把大刀，貼身的衣服具有靈活行動的功能性。腰間套著鎧甲，手腳都綁著護具。揮起大刀從容自若，看起來驍勇善戰，應該是所謂的鬥將。

有著暗金色的雙眸，只有一隻耳朵戴著獸牙般的耳飾，給人深刻的印象。

晴明把視線轉回到他的頭髮上。

充滿彈性的紅色頭髮，就像熊熊燃燒的火焰，散發出來的神氣也是熱的。

讓人想起什麼。

赤色，紅色，朱色。

裁定、殺死同袍是他的任務。為什麼這名神將會被賦予這樣的任務？是因為他與生俱來的力量吧？

水能洗清罪孽污穢，但是兩名水將都已經答應成為式了。
晴明回想已經臣服於自己的神將們。
既然不是水，那就是火了，火可以淨化所有事物。
到目前為止還沒出現火將，所以……
晴明做個深呼吸。
「我是安倍晴明，成為我的使令吧，你的名字是……十二神將朱雀！」
年輕人的身體被蘊含熱氣的鬥氣旋繞包圍。
暗金色的雙眸亮光閃閃。
他精銳地笑著說：
「沒錯，我就是十二神將中的火將朱雀，背負殺死神將的重任。當同袍誤入歧途時，我必須用這把火焰之刃懲罰他們。」
晴明深深吐了一口氣。連他自己都感到驚訝，居然會覺得這麼安心。
「安倍晴明，從現在起你就是我的主人。萬一我們十二神將中有誰誤入歧途，我會請示你的意見，請不要逃避這分責任。」
晴明點點頭說：
「我知道了……可能的話，希望不要發生那種事。」
朱雀訕笑著說：
「那就要看你們人類的心了。」

「什麼意思？」

「就是字面上的意思，十二神將不會自己觸犯天條，絕對不會。」

這麼斷言的朱雀，眼中閃爍著不容反駁的強烈光芒。

晴明輕輕嘆口氣。這時候再繼續吵下去，也沒什麼意義。

他用手背率性地擦去額頭上的涔涔冷汗，轉換了話題。

「繼續你剛才說的話吧！你說我錯看了自己的心，是什麼意思？」

朱雀與天一互看了一眼。

晴明挑了挑眉。他們那些動作在在都惹毛了他，連他自己都覺得自己的反應會不會太強烈了。

一直站在後面的天一優雅地往前走。

「晴明大人，天空翁、天后還有我們會決定供您使喚，並不是因為您說您要打倒怪物。」

「——」

晴明滿臉驚愕，啞然失言。那麼，是為了什麼？

「我們不會跟隨只想得到力量的人，因為那樣的人，總有一天會被力量迷惑、吞噬。意志不夠堅強的人，沒辦法操控我們擁有的力量。」

這股力量充滿誘惑。

用他們的力量來做壞事，可以得到全世界。

以前，想召喚他們取得力量的人多不勝數，只有極少數人可以嚴守分際，大部分的人都被力量吞噬而迷失了自我，自取滅亡。

「我們知道自己是雙面刃，我們的主人必須具有刀鞘的資質，可以收納這把刀。」溫柔婉約的天一，語氣十分淡然，說的話卻無比嚴肅。

彷彿在質問晴明是否擁有那樣的資質。

朱雀合抱雙臂，默默凝視著晴明，眼中看不到一絲迷惑，精明、深邃的視線，宛如就要切入晴明這個人類的心。

不只天一和朱雀，其他神將也是用這樣的眼神看著晴明。

他們真正想確認的一點，就是晴明有沒有資格當他們的「刀鞘」吧？

既然如此——

「……」

晴明忽然自嘲似的，微微歪起了嘴巴。

所謂可以收納雙面刃的「刀鞘」，應該是指有足夠的器量，可以收納十二把銳利的大刀，且正確使用的人吧？

晴明有自知之明，知道自己不是那麼高尚的人類。

朱雀說得沒錯，他是最差勁的男人，凡是被稱為人類黑暗面的東西，他幾乎都有。

「您的臉色怎麼這麼灰暗呢？」

晴明垂著頭，只把視線轉向天一。

看到天一沉穩的微笑，他屏住了氣息。

「我們對主人的要求，就是擁有刀鞘的資質。而我、朱雀、天空翁，以及其他同袍，都在晴明身上看到了這樣的資質。」

「可是……你們願意成為式的原因是……」

朱雀走到天一旁邊，爽朗地笑著說：

「天貴，不要再說了，這傢伙聽不懂拐彎抹角的說法。」

美麗的神將點點頭，把後續交給情人。

「晴明，你說你想把我們十二神將納為式，是為了打倒怪物。你還告訴太陰和白虎，說你不是為了那個女孩，而是為了自己。其實不是這樣吧？」

朱雀直指著晴明，和顏悅色地說：

「你不是為了打倒怪物，而是為了救你愛慕的女孩。這麼說來，的確不是為了女孩，而是為了想救女孩的自己。這就是你心中真正的想法，連你自己都沒發現。」

晴明凝視著朱雀，眼睛眨也沒眨一下。

「…………………………………………………………啊？」

愣愣地沉吟了一會後，晴明不由得把手按在額頭上。

他覺得天旋地轉。不是受到感動，而是對方自信滿滿地做出那麼無厘頭的結論，讓他產生有別於疲勞的另一種暈眩。

原本充滿期待的晴明，不禁詛咒、斥責自己的愚蠢。

你自己才被情色迷惑了吧！很想這麼咒罵的晴明，用盡所有的耐性才克制住自己。沒想到這個男人會囂張地做出這麼無聊、瘋狂的結論，晴明覺得有那麼一點想聽他怎麼說的自己，真是個大笨蛋，決定以後再也不聽神將說的話了。

氣得肩膀直發抖的晴明緘默不語，朱雀瞇起眼睛對他說：

「你好像有很多話要說呢！」

「我只是對自己的愚蠢感到懊惱。」

一時大意被他們牽著走，白白浪費了時間。

現在十二神將朱雀已經成為使令，沒理由再把時間耗費在無聊的對話上。

晴明轉身準備去找下一個神將，朱雀帶著嘲諷的眼神，冷冷地對他說：

「你要逃走嗎？」

看到晴明停下了腳步，朱雀又冷嘲熱諷地接著說：

「情勢不對就逃開，不敢面對現實。你這樣活到現在，想必沒遇過什麼麻煩吧？因為只要你這麼活著，就沒有人會正視你的存在。」

「你說什麼！」

晴明猛然轉過身來，眼神炯炯地瞪著朱雀。

朱雀滿不在乎，面不改色地說：

「但是，安倍晴明，現在你是我們十二神將唯一追隨的主人了。你知道這代表著什麼嗎？」

「唔……」

他想說我當然知道，聲音卻跟他作對，發不出來。

朱雀對氣得臉色發白的晴明毫不留情。

「我們看見的，不是你做出來的表面工夫，也不是你虛偽的表情或經過修飾的言語，而是你一再隱藏、壓抑，以至於自己都沒看見的真心。」

「你……你胡說什麼！」

晴明握緊了拳頭，激動得說不出話來。那種蠢話，他實在聽不下去了。

朱雀呼地喘口氣，把語氣緩和下來。

「我說晴明，你為什麼這麼生氣呢？如果我說的全是胡扯瞎掰的蠢話，你大可一笑置之啊！」

「你——！」

晴明這次受到的衝擊，就像被榔頭打到。

朱雀說得一點都沒錯。

朱雀不禁搖頭嘆氣，表情無奈地苦笑著。

「原來如此，果然如天空翁所說，人類受到打擊時就會激動起來。」

「朱雀，你說得太過分了。」

天一輕聲譴責，朱雀點點頭說：

「沒錯，這一點我道歉。但是，晴明，討厭人類的你，為什麼會這麼想救那個女孩？

請不要逃避，好好問問你自己。」

然後朱雀像夏天的陽光般，笑得好燦爛。

「為了打倒自己根本無力對抗的怪物，你拚了命召喚十二神將納為式。你好好想想，自己不惜冒這麼大的風險也要救她，是為了什麼？」

朱雀把左手伸向天一，同時把視線轉向她說：

「起碼我不想把天貴託付給心中一片漆黑的人，也不想追隨冷漠無情的人。」

天一沉靜地點點頭，牽著朱雀的手，笑得像花般甜美。

晴明茫然地看著他們兩人消失了蹤影。

足足呼吸十五次後，他拍拍額頭開始思考。

「呃……」

先做個整理吧？頭腦有些混亂。這種時候，最好是想清楚自己目前的處境，以及能做的事。

到目前為止，答應成為式的十二神將有八名。

天空、玄武、天一、太裳、天后、白虎、太陰以及朱雀。

天空、太裳、天一是土將，玄武、天后是水將，白虎、太陰是金將，朱雀是火將。除了五行中的木之外，其他四行都出現了。

對了，朱雀為什麼用「天貴」來稱呼天一呢？天貴應該是天一的另一個名字，取自「天乙貴人」⑫吧？

「啊……是只有他一人可以叫的名字吧……」

記得在故事裡看過，彼此愛戀的人好像會互相替對方取名字，以增添情趣。

「原來是這樣啊，呵呵，不錯不錯，他們的感情還真好呢。這是件好事，真的非常好。」

晴明喃喃說著語意不清的話，聲音不帶任何感情，搖搖晃晃地往前走。

「還剩四名、還剩四名……」

他們剛才說誰愛慕誰了？

安倍晴明愛慕那個橘家小姐嗎？

太可笑了。自己是半人半妖，是人人心中暗自忌諱、恐懼的對象，是妖怪與人類所生的孩子。

這樣的自己怎麼會愛慕被怪物盯上的女孩呢？這種事絕對不可能——

胸口一陣刺痛。

晴明停下腳步，按住了嘴巴。

為什麼會想救她呢？自己活到現在，不管發生什麼事，都不曾涉入得這麼深。

所有人都想仰賴他的力量。只想仰賴他的力量。利用他的力量後，在口頭上會說謝謝，眼神卻還是帶著恐懼、輕蔑與厭惡。

⑫在八字命理中，「天乙貴人」是非常重要的一顆大吉星。

只要跟皇宮有關的人應該都知道，那個安倍晴明身上流著妖怪的血。橘家老夫婦當然也知道，才會來求晴明。

一般術士救不了他們的孫女。但晴明不一樣，他身上流著妖怪的血，說不定救得了。

女孩當然也知道這件事。即使拚了命救她，她也只會感謝晴明的救命之恩，不可能對晴明產生其他感情，所以晴明原本打算拒絕的。

在看到女孩的眼淚之前，他是這麼想的。

「假如是個哭得死去活來的女孩，我就會丟下她不管……」

晴明喃喃自語，苦笑起來。

假如那個女孩只想著自己，跟他見過的所有貴族一樣，他就會丟下她。

——請不要……不要為了我冒生命危險。

一直以來，晴明都被要求替別人承擔黑暗、替別人受傷，那個女孩卻對他說了不一樣的話。

——我不希望再把任何人捲進來了……

「唔……！」

女孩用顫抖的手掩住臉，咬緊了嘴唇。

她說不想把其他人捲進來。

她說再也不想把任何人捲進來，包括晴明在內。

所以他不惜這麼做。

就只因為如此，他不惜這麼做。

「啊……原來如此……」

晴明蒙住眼睛，疲憊地喃喃自語著，揚起嘴角笑笑。

刻意逃避，是因為不想察覺。一旦察覺，就逃不開了，而且他知道，等著他的只有絕望。

他甩甩頭，又抬起了頭。

「還剩下四名……」

要求太多，會導致自我毀滅。

更何況——

「……」

晴明低頭看看自己的手掌，眼睛蒙上了陰霾。

他的身體、心靈，都染上了太深的黑暗。

在白霧中，他邁出了步伐。

現在的他，只想得到可以打倒怪物的力量。

這是眼前最重要的事。

# 6

你的力量若使用不當，就會縮短你自己的生命。

所以，千萬不要——

◇　◇　◇

腳好重，似乎連呼吸都被纏繞的霧阻擋了。

靈力幾乎耗盡了，只能靠毅力挪動雙腳。

不管下一個出現的神將是誰，他都很難靠力量取勝。

——你要謹記在心……

師父說的話，突然在耳邊響起。

那是很久以前的事了，他還沒有行元服禮，也還不知道如何控制自己與生俱來的力量。

晴明按住胸口，眼睛顫抖著。

天后說過，以戰鬥為目的的鬥將有四名。也就是說，他們的力量比已經被他納為式的那幾名神將還要強。究竟有多強呢？天后、白虎、太陰、朱雀等神將，所使用的神通力量已經相當強大了。

「再更強大是……」

剎那間，有股感覺掠過背脊。沒多久，他全身起了雞皮疙瘩，是本能引發的戰慄。

他不由得停下腳步，屏氣凝神。

定睛觀察周遭。

白霧中似乎有嫋嫋搖曳的身影。

屹立不動的身影，是個年輕人。

晴明吞了口口水。

好高的個子。剛才的朱雀比晴明高，而這個男人又比朱雀高，估計超過六尺。年紀跟晴明差不多，或是大一點。右臉頰那道胎記，跟他精悍的神情不太相稱。茶褐色的直髮長過肩膀。

肩上纏繞著深色布條，脖子上戴著三個不同大小的銀色頸環，腰部的鎧甲纏繞著銀色鎖鏈，左手臂也戴著粗大的銀色手環。穿著長下襬的綠色衣服。護腿跟鎧甲同樣顏色，但也只延伸到腳踝，果然，又是赤腳。

黃褐色的雙眸中看不出敵意或鬥志，平靜得像沒有一絲波紋的水面。

晴明吸口氣，開口說：

「你是十二神將的鬥將？」

對方沉默不語，只微微動了一下眼眸。

「我想收你們十二神將為使令，你應該聽說了吧？」

年輕人的眼眸又動了一下。

「到目前為止，我已經把我的法術、骨氣、耐力、內心深處，全部掏出來給你們看了。」

當然不是出於自願。

「你還要我怎麼做呢？無論你是要比力氣、要比誰招數多，或是來場唇槍舌劍，我統統奉陪。」

聽完晴明半自暴自棄的話，年輕人終於開口說：

「我可不想。」

「不想怎樣？」

晴明訝異地反問，神將用毫無起伏的語氣淡淡地說：

「我不擅長唇槍舌劍。」

「是嗎？……」

「是的。」

「……」

晴明猛眨著眼睛，思緒全被攪亂了。

他並不是真的想來場唇槍舌劍，只是挑釁叫陣而已，沒想到對方會這麼認真地回應。

「呃，那麼……」

晴明回想到目前為止的應對狀況，正要開口時，神將舉起了一隻手。

嚇得晴明立刻擺出防禦姿態，心想要開打了嗎？

神將卻說：

「我不想跟你打。」

「那麼……」

是要怎麼評斷晴明的能耐呢？難道是要使用跟之前截然不同的方式來挑戰？那會是什麼方式呢？

晴明充滿了戒心，神將卻十分淡定地說：

「我聽從天空翁的意思。」

「啊……？」

晴明驚叫一聲，神將又重複說了一次。

「我聽從天空翁的意思，既然他決定成為你的使令，我就跟隨他。」

這樣的反應大出晴明意料之外。

啞然無言的晴明，在心中不斷重複這句話，過了好一會才問他：

「你是說……你願意成為我的式？」

神將默默點著頭。

晴明目不轉睛地注視著他，心想好個沉默寡言的男人，除了必要的話之外，幾乎什麼都不說。

十二神將的個性類型還真是齊全呢！

晴明深深吁口氣，整個人都放鬆了。

不管這名神將真正的意思為何，可以不使用蠻力相互衝撞，就值得感謝了。如果現在要他使用法術，他恐怕不得不違背以前與師父訂下的禁令。

「那麼……」

年輕人點點頭，鄭重地說：

「請說出你的名字，再叫喚我的名字，千萬不要叫錯。」

雖是一再重複的動作，這回感覺輕鬆多了。

只剩下四個，叫錯的機率比剛開始時低了許多，但也還不能大意。

這是誰呢？沉默寡言，表情一成不變。給人的感覺泰然自若，雙眸綻放出的光芒卻有著堅強的意志，絕不是容易掌控的人。

晴明試著探索神將的神氣。這是五行中的哪一行呢？之前見到的神將們所散發出來的神氣，都因各自的屬性不同而有出入。眼前這名年輕人散發出來的神氣，跟任何一個都不吻合。

到目前為止還沒遇到的五行是「木」，木將有兩個，是哪一個呢？

風勢變得更強了，纏繞在神將肩上的深色布條迎風飄搖，露出了用來綁頭髮的金屬髮飾。

晴明有點驚訝，這個神將的茶褐色頭髮居然長過腰部。

看起來對任何事都無動於衷的模樣，是自我約束能力很強，還是天生的性格呢？

搞不清楚是木將中的哪一個，晴明決定豁出去了。

「我是安倍晴明，聽命於我吧，十二神將——六合！」

這是賭注。

毅然決然說出口後，看到神將的眼眸毫無反應，晴明面如死灰。總不會搞錯了吧？是疲憊讓感覺變得遲鈍了嗎？真是這樣，就不能將這名神將納為式了。難得不費力氣就能納為式，自己卻錯失了這麼好的機會。

就在晴明詛咒自己的失誤時，神將淡淡地說：

「沒錯。」

「什麼？」

晴明驚訝地反問，年輕人眉毛也沒動一下，又接著說：

「我正是十二神將的木將六合，安倍晴明，從現在起我將奉你為主人，聽從你的指示。」

晴明久久說不出話來。

「怎麼了？」

神將的語氣依然缺乏變化，只是多了些疑惑。

晴明吐口大氣，點著頭說：

「嗯，拜託你了。」

可能的話，晴明希望六合說話可以快一點，但做人不能要求太多，這次不費吹灰之力就把一名鬥將納為式了，受那點驚嚇算什麼呢？

壓力好大。

是啊，壓力真的很大。既然有心成為式，就不要面無表情地沉默那麼久，趕快回答我嘛，這小子！

疲憊不堪的晴明，情緒有點失控。

他發揮最大的耐力，才忍住沒有把心中的咒罵真的說出口。忽然，他想到一件事，開口問六合：

「是不是這樣下去就會遇到十二神將中最強的鬥將？」

六合默默點著頭，還是沒有多餘的話。看來，沉默寡言是他的天性。

「有個神將說，如果沒必要，就不要把最強的鬥將收為使令。」

幾乎沒有任何反應的六合，眼中似乎泛起了些微的憂慮。

「那是什麼意思？六合，你總不會也說同樣的話吧？」

沉默的年輕人眨一下眼睛，無言地搖著頭。

「晴明，如果你想那麼做，我就沒有理由阻止你。」

「那麼，天后為什麼……？」

晴明更疑惑了，六合深思熟慮地看著他說：

「安倍晴明，你最後將會遇到十二神將中最強、最兇悍的鬥將。在我們十二神將中，以他的力量最強，而太過強大的力量，也會成為禍害。」

看到六合跟剛才完全不一樣，講了這麼一長串，晴明有點驚訝，原來他願意說的時候也很能說呢！

「他就是這樣的鬥將。只要你有擔當、有掌控那種力量的決心，就照你的希望去做吧。」

這句話聽起來意味深長。

說到自己的決心，在到達這個階段前，已經被測試過很多次了，難道還缺少什麼嗎？

「六合，那是……？」

突然間，出現一股龐大的神氣。

六合臉色驟變地轉過身去，就在這時，強烈的鬥氣在很靠近晴明的地方炸開了。

「——！」

被炸飛出去的晴明，毫無招架之力地摔落地上，不知道撞到了什麼。衝擊力道從他被撞擊的背部貫穿全身，導致呼吸困難。

他上氣不接下氣地喘息著，勉強張開了眼睛，並且伸出手摸索，確定自己是撞上了岩石之類的東西。

剛強撐著站起來，就看到六合背對著自己，正放低姿勢，全身散發出火辣辣的精銳鬥氣，可以看出他全身戒備，進入了備戰狀態。
晴明全身戰慄。那股神氣的強度，和剛才的他迥然不同，也跟自己之前遇過的神將們有天壤之別。這就是鬥將嗎？
晴明再仔細一看，發現六合拿著兩端都有刀刃的奇特長戟。原來有武器的神將，不只是朱雀。
迸裂的神氣不只來自六合，還有一股更強大的力量捲起了漩渦。
這股力量是？
「終於連你都臣服了？」
站在六合前面的身影發出怒氣沖天的咆哮。
粗暴犀利的低沉聲音，扎刺著晴明的耳朵。
聽得出近似憎恨的情感。
晴明掙扎著站起來。
從六合背後望過去，看到一個面目猙獰的年輕人站在那裡。
晴明毛骨悚然。
比六合更強的波動，如洶湧的浪濤般往外擴張。
「十二神將……鬥將……」
聽到晴明嘶啞的低喃聲，那個年輕人的藍色雙眸閃過酷烈的光芒。
「你區區一個人類，竟敢妄想把我們十二神將收為使令，太不自量力了！」

神將的怒氣把空氣震得啪哩啪哩作響。

晴明被他的氣勢鎮壓，全身僵硬不能動。

六合轉頭對他說：

「晴明，你退後。」

「六合，你的自尊哪裡去了?!」

六合又轉向怒吼的同袍，語調平板地說：

「自尊在這裡。」

「少跟我胡說八道！不只是你，包括天空翁在內，居然一個個都成了這個人類的使令……！」

被同袍發瘋似的破口大罵，六合終於忍不住兇狠地瞪著他說：

「你說得太過分了，收回你的話。」

「住口，搞不清什麼叫自尊的人！」

怒目橫眉的神將，越過同袍瞪著晴明看。

「小小一個人類陰陽師，竟敢如此狂妄。快撤銷所有契約，滾回人界，不要再讓我見到你！」

這個出言不遜的神將，有一頭晶瑩亮麗的藍色長髮，隨性地綁在頸後。幾根短髮散落在臉上，在鬥氣中飄搖。

他的身高跟六合差不多。長布條從肩上披下來，用腰帶綁住。裸露的肩膀有著結實的肌肉，曲線優美，沒有半點贅肉。
那對視線彷彿要將晴明射穿的眼睛，是夜間湖面般的深藍色。
怒火中燒的神將把視線轉回到同袍身上，聲色俱厲地說：
「六合，你居然變得這麼沒志氣，太可悲了！我絕對不會追隨那種出身不明的人！人類，快滾回去！」
這段話逼人太甚，終於把晴明也惹毛了。再怎麼樣，都沒道理被罵成這樣。
六合默默制止了準備開口說話的晴明，用比剛才更嚴厲的語氣反駁：
「出身有什麼意義？我是鑑定過這個男人後，跟他訂下了契約。從現在起，安倍晴明就是我唯一的主人，如果你要找碴……」
六合揮起手中的銀槍，黃褐色的雙眸目光如炬。
「我十二神將六合，就會代替主人與你對抗。」
藍髮神將被向來沉默的同袍像連珠砲般斥責，眼神更犀利了。
「有意思……我一直很想跟你好好打一架。」
從神將全身迸射出淒厲的神氣。
晴明倒抽了一口氣。剛才那麼強勁的神氣，竟然是有所壓抑的狀態。
這就是鬥將的力量。
逆轉的旋風阻礙了呼吸，晴明雙手交叉，奮力抵抗，六合對著他大叫：
「晴明！」

「你在看哪裡?!」

六合轉回視線，發現同袍已經逼近眼前。從他掌心射出來的通天力量漩渦，把六合擊飛出去。

「唔！」

儘管用槍柄頂住了掌底，六合還是被衝擊力道往後推，雙腳在地面上劃出了兩條直線。

「你雖然號稱鬥將，卻是鬥將中力量最弱的一個，你以為你贏得了我嗎？」

單膝著地的六合，毅然回應同袍的挑釁說：

「不管贏不贏得了，我都要阻止你加害我的主人。」

聽到這句話，神將的雙眸亮起酷烈的光芒，顏色變成偏紅的紫色。

神氣也變得更加強大，狂噴出來。

從六合全身也噴射出剛才根本比不上的神通力量。

力量相互衝撞捲起了漩渦，像閃電般的火花四處飛濺。神氣颳起的風簡直就就像狂風暴雨，把沙塵吹得漫天飛揚。

六合揮下長槍，轟隆炸開了地面，形成有如分割大地的裂痕。

藍髮神將躲開攻擊，緊接著雙手合掌往下揮舞。

晴明都看見了，凝聚的神氣像是弓箭射了過來。

銀槍橫掃而過，刀刃夾帶著強風劈開了神氣。六合的鬥氣與神氣相衝撞，又形成了新的爆炸。

深色布條與茶褐色的頭髮被暴風吹得鼓脹翻騰，沙塵遮蔽了視野。

六合猛然往後退，但神將已經瞬間逼近他，飛來一拳擊中了六合的胸口，一股衝擊從腹部貫穿到背部，他呼吸困難，失去了感覺。同袍的神氣流竄全身，產生劇痛。

六合有些搖晃，但很快便重整態勢，用手肘攻擊同袍側腹部，藍髮神將一時大意，被撞到旁邊。

六合邊以銀槍撐住身體，邊確認藍髮神將所在的方位。晴明看到他的雙眼不再是剛才的黃褐色，變成了火焰般的深紅色。

之前的神將們都沒有那樣的變化，這應該是鬥將特有的現象。

強烈的神氣再度爆炸。雙方都完全投入了這場激戰，稍不留神，就會讓對方有機可乘，從中看不出一絲絲同樣身為十二神將的同袍情。

六合掄起銀槍往下砍，另一方神將就交叉雙臂，正面迎擊。

神氣的衝撞以實體呈現，冒出了許多火花。

那些光芒就像劃過天際的閃電。

六合是木將。閃電屬木。所以是來自六合的神氣嗎？或者另一個神將也是木將？

雙方同時往後退，又在幾乎同步的呼吸下再次往前衝。兩道神氣相衝撞，地面就會被刨空，產生震動。

晴明只能在一旁觀戰。

這就是與其他神將有極大區隔，被稱為「鬥將」的實力。

實在太壯觀了，難以想像。自己居然想掌控這樣的神將？再怎麼說都太欠考慮了。

然而，儘管被眼前的光景所震懾，他還是試著冷靜做分析。

沒錯，十二神將都很強尤其是鬥將，但是在葵祭遇到的怪物，比他們更強——

這是直覺，沒有任何憑據。勉強要說有，就是讓晴明感到害怕的程度。

晴明很佩服神將們的力量，也十分敬畏、驚嘆，但並不害怕。

他怕的是那個怪物。這是他有生以來，第一次覺得害怕，害怕怪物的捉摸不清、深不可測。

他這個瞧不起人世、討厭人類、已經活膩的半人半妖，終於知道什麼叫害怕。

神氣爆裂，把晴明的思緒又拉回了現場。

「振……振作點啊，安倍晴明！」

晴明鞭策自己，調整呼吸。凌亂的呼吸會攪亂思緒，思緒一亂，就想不出打破僵局的最好辦法。

他瞪著互不相讓打得你死我活的兩人，集中精神思考。

非比尋常的通天力量狂流，讓他看得目瞪口呆。冷靜下來仔細觀察，才發現他們並不是勢均力敵。

六合明顯處於劣勢。

那個神將不也說過嗎？

他說六合號稱鬥將，卻是其中最弱的一個。也就說，六合遲早會輸給他。

必須想個辦法才行。

把已經答應成為使令的神將們叫來幫六合吧？那個藍眼睛的神將再強，也寡不敵眾吧？

沙塵在稍遠的地方飛揚，兩人的身影都淹沒在飛煙中。明明有段距離，神氣的強烈波動卻還是威嚇著晴明。

晴明咬住了嘴唇。

不，不能那麼做。那麼做的話，那個神將就不會成為他的使令。

他的目的是要把十二神將全部納為式，所以即使被帶來到這個不知名的世界，飽受不合理的折磨，他都咬著牙撐過來了。

神將們現在一定也在看這場戰役。假如判斷晴明不適合當自己的主人，很可能會毀棄約定。

已經訂下的契約不能作廢。為了廢除約定，他們必須殺了他。

想必那個藍髮神將會欣然接下這個任務。

晴明握緊了拳頭。

他已經沒有足夠的靈力可以壓制那名神將了。

最好是可以稍微休息一下，但不可能有這樣的時間。

怎麼辦呢？

「沒有……靈力……但是……」

力氣和體力都快用盡了，晴明臉上毫無血色。

然而，就在這一瞬間。

被逼得走投無路的雙眸，燃起了灰白色的火焰。

——所以，千萬不要……

晴明撇撇嘴巴。

居然在這種時候想起師父說的話。原來這樣的自己，也有一般人的感傷。

幾乎沒有任何東西讓他眷戀這世間。他打從心底討厭人類，卻始終活在光明與黑暗的狹縫中，去不了那邊的世界。

是父親的悲哀、師父的嘆息，把他留在了這裡。

到目前為止是這樣。

他看著在沙塵中展開的激戰。從神氣的狂流，可以知道戰得多激烈。

以人類的力量，再強也鬥不過十二神將。

他們冠有「神」之名，人類贏不過他們。

是的，晴明長期以來忌諱、厭惡的人類，絕對贏不了。遺傳自父親的那一半人類的靈力，絕對贏不了。

然而，要將那名神將納為式，只能靠晴明本身的力量，讓對方徹底臣服。

方法是有。封鎖至今的力量，還沉睡在他體內。

師父的關切言猶在耳。

——你遺傳自母親的力量，太過強大。

一閉上眼睛，就看到比現在小很多的自己，還是行元服禮前的模樣，披散著頭髮，是個眼神比現在更頹廢的小孩。

◇　◇　◇

你要謹記在心。你的力量若使用不當，會縮短你自己的生命。

假如不壓抑也不克制力量，放縱不羈，你母親遺傳給你的血脈，總有一天會把你拉進那邊的世界。

可是我不希望你往那邊去，童子，你父親也一樣。

所以，千萬不要……

不要再操縱血的力量、不要再操縱剛才顯現的灰白色火焰——

◇　◇　◇

那個男人是父親益材的老朋友，他把當時還不知道名字叫什麼，卻被大家稱作「童子」的晴明，很認真地訓了一頓。

除了父親之外，賀茂忠行是第一個真誠地面對晴明的人。

所以晴明想聽他的話。

心好痛，劇烈的絞痛，彷彿在苛責他接下來想做的事。

他慢慢握起拳頭，喘息般重複呼吸。

那個據說是異形的母親，他只知道名叫葛葉。連現在是不是還活著都不知道的母親，給了晴明強大的靈力，還有遠超過靈力的巨大妖力。

「師父……對不起。」

但因為太過強大，那股力量會侵蝕無法徹底成為妖魔的晴明的身體，灼燒他的靈魂。

要求他身為人類、不要去那邊的父親與師父的臉，瞬間閃過腦海。

不管發生什麼事，晴明都還堅持留在這邊，就是因為有他們的關心。若不是這樣，他早就往那邊去，成為那邊的居民了。

身上流著一半人類的血、一半妖怪的血，既屬於任何一方，也不屬於任何一方，這是晴明無法改變的事實，也就是所謂的「宿命」，逃也逃不開。

所以他盡量不與他人接觸，希望自己的真正力量不會被發現，人們漸漸不再提起他，就這樣度過一生。這種生存方式，最適合生為半人半妖的他。

橘家小姐說這是天命。

認命的話，或許就是天命。假如，那真是上天決定的命運。

但是，天命也是上天所下的命令。

那麼，是上天下令要在這時候殺了她嗎？

不可能有這種事。

既然不可能，晴明不惜在這時候捨棄身為人類的生命，也要顛覆女孩自己決定的天命。

心臟撲通撲通狂跳。

兩道神氣的狂流，吹散了正在打轉的沙塵龍捲風。

看得見六合與藍髮神將了。體力明顯耗損的六合，剎那間單腳跪了下來。

「放棄吧，六合！」

靠武器撐住身體的六合立刻吼了回去。

「少廢話！」

「那麼……」

神將四射的鬥氣更加強烈了。

六合咬住嘴唇。他知道快完蛋了，但他的心絕不屈服。

晴明想把十二神納為式的理由，他已經聽說了。他認為可以成為晴明的式，就是根據那個理由。在他之前答應跟隨安倍晴明的同袍，應該都跟他一樣。

另外兩名還不見蹤影的同袍怎麼想，他不知道，但相較於現在跟他對峙的這一位，可能還有希望。

六合吸口氣，扯開嗓門大叫：
「晴明，你快走！」
與六合對峙中的神將瞠目結舌。
「什麼?!」
「你先走，我會把他擋在這裡。」
十二神將六合使盡全力站了起來。
風聲颼颼。神氣波浪捲起的氣流，把激戰的慘況傳到了這個異界的每個角落。所有的十二神將一定都從頭到尾看著這場戰役。
看到六合誓死不屈的意志、絕不妥協的決心，神將勃然色變，低聲咒罵：
「你……你瘋了嗎？居然為區區一個人類做到這樣……！」
忽然，他的表情變了。
紫紅色的雙眸盯著六合身後的遠處。飛揚的沙塵被神氣的波浪衝散，視野漸漸變得清晰了。
就在六合疑惑地往後看時，迸出了他從來沒有見過的波動。
眼角餘光掃到灰白色的晃影，與人類的靈力明顯不同的波動緩緩上升。
十二神將六合全身戰慄。
這股強大的力量是什麼？
就像是……

奮力移動僵硬的四肢，好不容易才轉過身去的六合，不禁懷疑自己的眼睛。

安倍晴明被灰白色的火焰包圍著。熊熊燃燒的火焰直衝天際，眼看著晴明就快被大火吞噬了。

警鈴在六合腦中大響，告訴他那是危險的力量。對他沒有危險，但會威脅到晴明的生命，是不該釋放的力量。

一語不發瞪著這光景的同袍，紫紅色的眼眸閃過厲光。

「我就猜他身上有變形怪的血……沒想到是天狐……」

如果這個叫安倍晴明的男人是純種的天狐，就不需要十二神將了，因為天狐是擁有龐大力量的妖怪。

但如果只是一般人類，這個男人也沒辦法撐到現在。

他是人類，卻又不是一般人。那股靈力莫測高深，以人類來說太過強大，太過可怕。

這些都是成為使令的同袍們說的話。

原來是這麼回事。

「但是，那又怎麼樣呢？他雖然繼承了那樣的血緣，卻沒辦法控制那股力量，眼看著就要被吞噬了。別以為亮出那種力量，我就會屈服。」

激動的語氣變得更刻薄了。

「你也太膚淺了，像我這種自恃甚高的十二神將，怎麼可能跟隨你這樣的人類！」

被灰白色火焰包圍的晴明，眼神冰冷地笑著。那不是人類的眼神，是異形、妖怪才有的獨特眼神。

「沒有半點可能。」

「既然這樣……」

「陰陽師會用種種東西當使令，譬如野獸、蟲、鳥、器物，有時也會收服妖怪。」變成變形怪樣貌的晴明，雙眼閃閃發亮。「必要時，還會把神也納為式——不惜動用武力。」

如此鄭重宣示後，晴明結起手印。轉法輪印。

要讓這樣的傢伙屈服，只有一個辦法。

那就是放手一搏，取得全面勝利。

縱使用的是異形的力量，只要讓他認輸，他就不會再大吼大叫了。

為了達到這個目的，晴明不惜打破禁忌。

白色火焰燃燒得更旺盛了。

六合茫然地喃喃說著：

「是狐火……真正的天狐之火……」

敏銳度提升到極限的感官，清楚捕捉到神將的低喃。

晴明的心情很平靜。他覺得這股不上不下的力量，如果能在這種時候派上用場，也不是壞事。

自己身上的確流著異形的血。

被怪物盯上、生命受到威脅的那個女孩，如果知道這件事，恐怕會嚇得拒絕與自己往來吧？

這種事，晴明都知道。不可以有期望、不可以有夢想，因為當自己的真正面目被揭露時，那些都會瞬間轉為絕望。

晴明瞪著藍髮神將宣示：

「我會讓你臣服於我，我叫安倍晴明，成為我的使令吧，十二神將……」

話語是言靈，名字是最短的咒語。

「青龍！」

神將的臉色更難看了，但沒有否認。當然不會否認。

十二神將中有兩名木將，一名是六合，另一名是冠有四神之名的青龍。

當他們的神氣相衝撞，強烈木氣的撞擊就會形成閃電。

尤其是從他的頭髮和眼睛的顏色來看。

這個男人不可能不是青龍。

但是光這樣不行。要使這個可能是十二神將中自尊心最強的男人屈服，必須展現相當的力量。

青龍未出聲，只是舉起了雙手。

強烈的鬥氣在他手中集結，化成青綠色的光球，火花四濺，逐漸膨脹。

被那顆光球擊中的話，後果凶多吉少。
心臟在胸口撲通撲通狂跳。灰白色火焰在胸口最深處嫋嫋搖曳，隨著時間流逝，愈來愈熾烈。
同時，他所釋放的力量也愈來愈強大，是名副其實的雙面刃。
只有一次機會能擊敗青龍。錯過這一次，就完全沒有勝算，再也不能把十二神將全部納為式了。
晴明這輩子沒有祈禱過。對他而言，神的存在只是用來「求助」、「借力」。
現在，他第一次誠心祈禱。
變形怪般的目光射穿青龍。
開始修行後，他學過種種法術，例如降伏魔怪的法術、修禊的法術、除魔的法術，他要從中選出一種。
他選的是以前役行者⑬在葛城山中，把坐鎮那座山的山王「一言主神」收為使令時用的法術。
這個法術叫「不動金縛法」，可以把野獸、怪物、人甚至神都綁住。
晴明身上的白色火焰劇烈搖晃。
六合看到晴明的嘴巴微微蠕動著，像是在唸咒文或神歌。

⑬以在山中修行為主的「修驗道」修行者的始祖。

陰陽師的手指熟練地更換著手印。

外縛印。

「南無馬庫桑曼達、吧沙拉旦、顯達馬卡洛夏納塔亞、索瓦塔拉亞、溫、塔拉塔坎、漫！」

劍印。

「嗡、奇利利、奇利。」

刀印。

「嗡、奇利、奇利、索瓦卡。」

轉法輪印。

「南無馬庫桑曼達、吧沙拉旦、顯達馬卡洛夏納塔亞、索瓦塔拉亞、溫、塔拉塔坎、漫！」

外伍鈷印。

「南無馬庫桑曼達、吧沙拉旦、塔拉塔、阿摩嘎顯達、馬卡洛夏達、索瓦塔亞、阿諾亞、阿沙卡、阿桑摩吉尼、溫溫、畢吉納溫塔拉塔。」

諸天教勒印。

「嗡奇利、溫、伽咯溫。」

內縛印。

「南無馬庫桑曼達、吧沙拉旦、顯達馬卡洛夏納塔亞、索瓦塔拉亞、溫、塔拉塔坎、漫！」
真言響徹雲霄，晴明身上的妖氣也愈來愈冷冽。
心臟在晴明胸口怦怦狂跳。從胸口深處鑽出來的強冷，擴散到全身。
四肢末梢冷得像冰一樣。更換結印的手指，動作變得遲鈍，僅次於冰冷的劇烈疼痛開始在全身流竄。
每次心跳一下，疼痛就加強，隨著脈動肆虐。
晴明的額頭冒出冷汗，咬緊牙關，強忍著不發出呻吟。
他把右手結起的刀印靠在左腋下，再像收入刀鞘般把左手靠過去。
深吸一口氣後，他張大眼睛盯著十二神將青龍，視線定住不動。
紅紫色雙眸亢奮激動，放射出靠視線就能壓倒一切的魄力。
中了金縛法的青龍，使出全身力量試圖掙脫。
那可是晴明解放天狐之血，注入了所有力量的法術，難道鬥將是怪物嗎？
晴明高高舉起拔出的刀印，再往下揮砍。
「曳！」
熊熊燃燒的白色火焰遮蔽了晴明的視野。
青龍的鬥氣被白色火焰包圍、封鎖。
「唔……！」
在強烈妖氣鎮壓下，鬥將第三強者雙膝跪地。

然而青龍的鬥志還是澎湃洶湧，這樣下去會把白色火焰彈開。
「呃……！」
晴明屏住了氣息。
好難過。火焰在胸口搖晃，難以形容的疼痛似嘲笑般摧殘著晴明。
凍僵的手指不聽使喚，沒辦法結印。
在逐漸模糊的意識中，晴明的手指無意識地動著。
刀印。
「……臨兵鬥……者……」
心跳愈來愈狂亂，椎心刺骨般的疼痛貫穿左胸，呼吸困難，聲音嘶啞。
「皆……陣列……在前！」
晴明以渾身力量揮下了刀印。
「——喝！」
灰白色火焰成為長戟的刀尖，砍向青龍。被金縛法纏住不能動的十二神將，受到決定性的一擊。
反彈的神氣與妖氣衝撞爆裂。
「晴明！」
六合在神氣築起的保護牆內大叫。
心跳加速的晴明吸口氣，猛然向後仰。

在闔上眼睛前，腦中閃過好幾張面孔。

橘家小姐、岦齋、師父、父親，還有因為逆光而看不見表情，只留下懷念的身影——

熊熊燃燒的白色火焰，突然消失了。

捲起漩渦的波動來勢洶洶，晴明無力抵抗，被狠狠拋了出去。

✖ ✖ ✖

# 7

感覺到一陣劇痛，榎岦齋發出了微弱的呻吟聲。

「痛……痛痛痛痛……」

才剛喘息著張開眼睛，就看到好幾張臉，都是陰陽寮的人。

「榎大人，你終於醒了！」

「太好了！」

同事們都鬆了一口氣，岦齋氣喘吁吁地問：

「師……父……呢？」

「賀茂大人還沒醒來……不過藥師說沒有生命危險。」

「榎大人，請告訴我們，到底發生了什麼事？」

岦齋奮力爬起來。

身體到處都痛得唉唉叫，尤其是胸口一帶最嚴重，痛到沒辦法呼吸，好像被什麼刺到。

他奄奄一息地這麼埋怨時，有人回答他說事實就是這樣。

陰陽寮的一角，突然出現強烈的鬼氣，引發爆炸。附近的建築物都被炸毀了，在場的忠行和岦齋被埋在廢墟裡，沒有半點動靜。

大家都做了最壞的打算，但他們兩人都還有一絲氣息。所有人使出渾身解數治療他們，才勉強保住了他們的性命。

然後，他們把榻榻米和鋪被搬到值夜班的房間，讓兩人在那裡躺著，有幾個人留下來照顧他們，其他人都去參加陰陽寮全體出席的祈禱、修禊儀式了。

「這……咦，對了，我的衣服呢？」

身上只有一件單衣，而且尺寸不合，袖子太長了。

「榎大人的衣服全都沾滿了血不能穿，只好丟掉了。」

據他們說，岦齋咳了一堆血，又傷痕累累，衣服就像破破爛爛的布。

師父賀茂忠行也跟他一樣。還在昏睡中的師父，就躺在隔壁房間接受治療。聽他們這麼一說，岦齋才發現屏風後人聲嘈雜。

兩人現在穿的衣服，是他們向縫殿寮說明原委，請對方幫忙準備的。

岦齋喘口氣，胸口一陣劇烈疼痛。他扭曲著臉強忍疼痛，忽然張大眼睛問同事們：

「喂，現在是什麼時刻？」

「鐘敲過很久了，所以差不多是申時半吧！」

「什麼？我躺了這麼久？」

不能再耗下去了，那個香爐是……

「對了，有沒有看到一個香爐掉在地上？差不多這麼大，飄著奇怪的香味……」

同事們說清理廢墟時，有看到從內側爆裂般的金屬碎片。很可能就是那個香爐。

原來怪物是躲在香爐裡面？

是因為氣他把香爐從女孩家裡拿出來，所以把他跟師父傷成這樣嗎？

岦齋懊惱地按住額頭，閉上眼睛。

他怪自己沒多想就把香爐帶回來，結果連累了師父，就算再怎麼道歉也沒用。

但很快他就想到了其他事，猛然抬起頭。胸口一動就會痛，必須不時屏住呼吸，真的很麻煩。

「破壞陰陽寮的怪物被擊退了嗎？還是……」

官員們面面相覷。

「我們趕到時，連鬼氣都沒了。」

「我們只顧著救榎大人和賀茂大人，還有保護皇上……」

岦齋吞下了已經到嘴邊的咂嘴聲。他們說得沒錯，這裡是皇宮，皇上居住的寢殿就在附近。

皇宮出事時，任何人都會以皇上的安危為最優先。這是無可厚非的事，同事們只是做了他們該做的事。

沒辦法，他們並不知道那個怪物的目標是橘家小姐，不會傷害皇上。

岦齋忍著疼痛站了起來，請同事們幫他換衣服。全新的直衣漿得很平整，若不是這種節骨眼，感覺一定很舒服。

「我必須去一個地方。對不起，麻煩把所有的止血、止痛符咒都給我，再替我準備一匹馬。」

同事們都驚慌地阻止豈齋。

「你胡說什麼！你剛剛還在生死關頭徘徊呢！」

「你這樣逞強，傷口會裂開啊，你不要命了嗎！」

豈齋拚命解釋不是他們想的那樣。他們聽說攸關人命，才勉強答應了他。用上了好幾張止痛符，才幾乎感覺不到疼痛。他從來不知道可以正常呼吸是這麼值得感謝的事。

到大門口時，直丁已經聽說了這件事，幫他備好了從某個寮或某官廳借來的馬匹。

他向直丁致謝，走出皇宮，動作熟練地騎上馬後，一踢馬腹便離開了。

他的故鄉在深山裡，所以不學會騎馬就出不了遠門。

來京城後很久沒騎了，但是從有記憶以來就會騎馬的身體，完全沒忘記要怎麼騎。

豈齋騎著駿馬，奔馳在已結束工作的貴族與京城居民來來往往的大道上。

騎馬到橘家花的時間比步行快多了。

豈齋在大門口停下馬後，立刻跳下馬背。

他把轠繩綁在門前柳樹上以防馬兒跑走，接著就察覺到屋裡的狀況不對。

他咂咂嘴敲門，但沒有人回應。

門緊緊關著，要有人從裡面打開才進得去。

「喂，馬兒，背借我踩一下。」

他把馬拉到牆邊，從馬背爬到牆上。

跳進圍牆裡面後，他繞到門前說：

「這是非常狀態，請原諒我！哦，原諒我了嗎？謝謝！」

這麼自問自答後，豈齋就大搖大擺地走進屋內，發現屋裡的人都昏倒了。

所有人都還活著，可是怎麼叫都叫不醒。

「是中了什麼法術嗎？可惡的怪物！」

他低聲咒罵，趕往橘家小姐的房間，邊回想當時跟著走過的路邊前進，沒多久，就看到了記憶中的屏風。

「橘小姐！」

他大叫著推開屏風，人果然不在了。

急得很想抓頭髮的他，絞盡腦汁思考著。

女孩會在哪裡呢？有沒有什麼線索可以找到她呢？

在晴明現身前，他必須保護那個女孩。

「我說過會救她……我說過晴明會救她……對了！」

他想起自己給過她一個晴明特製的驅魔符咒。

如果她隨身帶著那個符咒，說不定可以追蹤到靈力的蹤跡。

他衝到庭院裡，從枝頭摘下幾片葉子，丟進了水池。

「嗡！」

這是找東西的訣竅，可以知道想找的東西在哪裡，或者想找的人在哪裡。

豈齋緊盯著水池看，沒多久，浮在水面上的幾片葉子就緩緩移動，全都指向了同一個方位。

「東邊……？」

那邊是鴨川，再前面是連綿的山峰。

「河川……水？不、不對。」

背脊冷不防地起了雞皮疙瘩。

京城東邊是送葬之地鳥邊野，那裡是冥府與現世交界處。

「六道路口……」

難以置信，這可不能開玩笑。

怪物的目的到底是什麼？妖怪攻擊人類，通常是為了要吃下肚。那個來歷不明的怪物卻變成人類的模樣，還送上奇怪的禮物，好像是無論如何都想得到橘家小姐。

「既然不是為了吃……」

豈齋腦中靈光一閃。

怪物的行為不是從頭到尾都很一致嗎？

它變成人類的模樣，希望女孩嫁給它為妻。剛開始猛獻殷勤，禮數周到，可是女孩拒絕了，它就使用破心香，企圖操控女孩的心。

想到這裡，岦齋卻又覺得說不通，搖了搖頭。

「怪物把女孩帶走，就是為了娶她嗎？那它大可不必變成人類的模樣，直接把女孩擄走不就結了？」

實在想不出怪物的企圖。

因為戴著帽子沒辦法搔頭，岦齋只好邊低吟邊把手握緊又鬆開。

「總之，先去找她。」

他沒辦法靠自己翻牆，只能打開門出去。怕有盜賊闖入，就施了上鎖的法術，再騎馬離開。

「路程可能有點遠，拜託你了，馬兒。」

馬嘶嘶啼叫回應，全力往前奔馳。

騎馬會對身體造成負擔。

岦齋把所有的止痛符都拿了出來，緊緊握在手上，預防疼痛。

「晴明，你快來啊……！」

這次絕對需要晴明的力量。

◆　◆　◆

耳朵又聽見聲音了。

「……」

晴明緩緩張開眼睛，視線飄忽游移，覺得有冷風吹過臉頰。

這裡是什麼地方？

大腦空白片刻後，思緒排山倒海而來，很快掌握了狀況。

他猛然坐了起來，看到一塊深色長布條滑下去。

「這是……」

這應該是十二神將六合的長布。

「你醒了？」

聽見長布條主人的聲音，晴明往那裡望去。

六合在稍遠的地方盤腿坐著。

晴明環顧四周。

被刨起的地面殘留著鮮明的激戰痕跡，他不敢相信自己還活著。

「我……昏迷了多久？」

消耗了那麼多體力，不知道是不是睡過一覺的關係，身體覺得輕鬆多了。

但感覺只限於肉體部分，靈力還處於乾枯狀態。

看來暫時不能用法術了。使用的話，注入法術的將不是靈力，而是變形怪的力量，而施展這股力量會削減晴明的壽命。

晴明嘆口氣，眨眨眼睛說：

「對了，青龍呢……」

他轉移視線。

往後一看，青龍擺著臭臉靠在岩石上，雙臂合抱胸前。

默然望向晴明的雙眸已經恢復成原來的藍色了。

晴明吞口口水。

那是賭注。如果那麼做還不能讓對方屈服，就永遠不可能把十二神將的青龍納為式了。

他正等著看青龍的反應時，六合默默地走了過來。

「晴明，」六合單腳跪下來，指著深色長布條說：「這是具有神氣的靈布，必要的話，你可以帶著它往前走。」

晴明張大了眼睛，原來是這條布讓身體變得輕鬆了。

稍微思考後，他搖搖頭說：

「不……你的好意我心領了，但我覺得不能那麼做。」

不管發生什麼事，都要靠自己的力量前進。他覺得這是要把十二神將收為使令的條件。

晴明道謝後，把靈布還給六合，站起來說：

「沒時間了，我要走了。」

然後他瞥向青龍。

藍髮神將看著他，兩人的視線相碰撞。

青龍鬱悶地咂嘴說：

「我會聽從主人的命令，絕對會。」

晴明的眼睛亮了起來，青龍的眉頭卻鎖得更緊了。

「但是，我還沒完全認同你，不要搞錯了，晴明。」

青龍撂下這句話就隱形了。

晴明呼地鬆了一口氣。

「這傢伙還真難纏呢……」

不過，青龍叫了晴明的名字。不是喚他「人類」，而是叫他「晴明」。

感覺又征服了一座山，但還不能鬆懈下來。

正這麼想時，藍髮神將陰沉的聲音在耳中響起。

《不要想把最兇的鬥將收為使令，我這麼說是為你好。》

晴明反彈似的抬起頭，看看四周。但那真的是最後一句話了，青龍才說完，神氣就完全消失了。

晴明按著額頭，煩躁地嘆了一口氣。

為什麼每個神將都叫他把最兇的鬥將排除在外呢？

看不出感情波動的黃褐色雙眸，默默看著臉色鐵青的晴明。

晴明注意到他的視線，轉向他說：

「天后也好、青龍也罷，那麼說到底是什麼理由?!」

他知道自己的語氣不好，卻沒打算住口。

個個都說得那麼武斷，卻沒人告訴他最重要的真相。為什麼呢？把話說清楚的話，起碼他還有斟酌的餘地。

聽完晴明這些話，六合的眼眸閃動了一下，好像有什麼話難以啟齒。

晴明捺著性子等他說。看樣子，六合跟其他人不一樣，問他話，他多少會回答。

晴明焦躁地仰頭看著他好一會，他才緩緩開口說：

「陰陽師應該知道十二神將有吉將和兇將之分吧？」

「知道。」

剩下的兩名是兇將。

到這階段，大約可以猜出最後一個是誰了。不過，由天一的例子來看，自己學到的知識未必就是事實。做判斷時，還是要慎重再慎重。

六合看起來若有所思。

「我只能告訴你……」他語調平板而淡然地說：「恐怕我們所有人團結起來，都打不過那傢伙。」

晴明不禁懷疑自己的耳朵。

「所有人？」

六合點點頭，又短短補充了一句。

「他是人類妄想取得的力量的具體呈現。」

說完，六合就閉目沉思，示意再也無可奉告了。

晴明嘆口氣，緩緩閉上眼睛。

力量的具體呈現，會是陰還是陽，就要看持有者的性情了。

十二神將是雙面刃。身為主人者，必須是可以收納所有刀的刀鞘。

晴明開始感受到那股壓力。

問題是，現在的他已經沒剩什麼力量了。

一陣寒意爬上背脊。

六合看著微微顫抖的晴明，像是在問他怎麼了。

晴明撫著頸子，臉色蒼白，忐忑不安，覺得心跳莫名地加速了。

「剩下兩名在哪裡？」

六合黃褐色的眼眸指向了某一方，就那樣悄悄地隱形離開了。

確認他的神氣完全消失後，晴明才動身出發。

「還剩兩名……」

要加快速度才行。警鈴在腦中大響，橘家小姐與岦齋的臉浮現眼前。

「我一點都不想看見你！」晴明邊在心中咒罵，邊惱怒地嘀咕著：「你可要撐到我回來啊，岦齋！」

霧又升起，把視野染成了白色。晴明在霧中前進。

糾纏不清的霧還是那麼煩人，但是晴明已經發覺，每次霧升起就會把他帶到其他的某個地方。

他們巧妙地依照順序，各自在最適合自己的舞台，等待晴明的到來。

不是晴明找到他們，而是他們把晴明帶去他們所在的地方。

也就是說，自己正走向下一名鬥將——十二神將鬥將的第二強者。

那個青龍會甘心屈居第三，可見上面兩名是多麼魁梧壯碩。

想到這裡，晴明很快煞住了這樣的思緒。

十二神將未必是男性。太陰就是其中一例。說不定第二強者是個沒多大年紀的少年。

不管外表怎麼樣，一定都具有十二神將第二強者的神通力與戰鬥力。

靈力已經耗盡的自己，該如何把第二強者收為使令呢？

可能的話，他不想再用異形的力量。持續使用的話，會瞬間削減自己的生命。

到時候，一切都會成為泡影。不但救不了女孩，自己也會白白犧牲。

颳起了一陣風。

晴明停下腳步。

「神氣……」

清澈冷冽，酷烈中帶著纖細。

感覺與之前的任何一個神將都不一樣。

晴明眨了眨眼睛。

這個神氣的波動是土氣，所以是土將。

回想起來，到目前為止遇到的三名土將都沒有戰鬥能力。

很可能是因為最後的土將擁有十二神將中，位居第二強的強大戰鬥力，所以那三位土將就成了沒有力量的存在。當然，這只是晴明的推測。

就在晴明調整呼吸察看情勢時，風勢增強，把霧吹走了。

寸草不生的紅土大地上，泰半覆蓋著無數大大小小的岩石。

看起來像是鬥將第二強者的神將，就蹺腳坐在其中一顆岩石上。

視野完全清晰後，晴明茫然地低喃著：

「女人……」

十二神將不愧是名列神籍，個個都有著不同典型的美麗容貌。他猜想下一個應該也是，但又與他想像中的模樣相差太多，讓他有些驚訝。

他猜到可能不是很魁梧壯碩，但沒想到第二強者真的是位女性。

女人悄然無聲地站起來。

站著時，比晴明高。

在女性中，這名神將應該是鶴立雞群吧！

年紀看起來跟晴明差不多。沉著穩重的模樣，讓晴明有些懷疑可能比自己年長，但仔細看，又覺得比六合、青龍年輕，大概跟天后差不多。

美貌中帶著逼人的英氣。像抹了口紅般的紅唇上掛著笑容，烏黑的眼眸卻沒有一絲笑意。與眼睛同樣顏色的直髮，髮尾齊平，長度不到肩膀。動一下，頭髮就輕柔地飄揚起來，綻放亮麗的光澤。

她穿著沒有袖子的藍色衣服，下襬也很短，衣服下面纏繞著黑色棉布。下襬只到大腿一半，再加上沒有袖子，白皙的手腳裸露在外，看起來有點冷。雙手戴著好幾個金色手環，很可能是用來代替手背的護套。纏繞了三圈的細腰帶上插著兩把罕見的武器，晴明記得在什麼書上看過，好像叫「筆架叉」。

第三強者青龍沒有拿武器，第二強者卻有攜帶武器？

女人滿不在乎地面對晴明不禮貌的視線，好一會才開口說：

「你居然可以讓那個青龍屈服，真不簡單呢！人類。」

晴明懷疑地瞪大眼睛，心想他們果然都在旁觀。

「你應該已經知道我是誰，也知道最後一個是誰了吧？」

晴明沒有回答。女人笑得更深沉了。

「在你到達這裡之前，我的同袍們以各種方式評估過你這個人，徹底看透了你。為了突顯出你的本質，他們耗盡你的氣力、體力、靈力，挖出你的真正心意，逼你不得不使出你苦苦隱藏的變形怪力量。」

晴明的臉色變得很難看。

她說得沒錯，現在的晴明就跟全身赤裸沒兩樣，無論再怎麼虛張聲勢都沒有意義，只能以沉默展現最後的一點骨氣。

「我說……」女人的雙眸閃過厲光，「人類啊，你已經把十二神將中的十名納入你旗下，這樣還不夠嗎？」

晴明差點大聲吼回去，硬是壓下了性子。

「當然不夠！」

「居然有這樣還打不倒的怪物……你認為再把我們也收為使令，就能打倒它嗎？你憑什麼這麼認為呢？」

神將的表情隱約看得出挑釁的意味。是想把晴明惹火嗎？為什麼？

晴明握起拳頭，克制自己的語氣說：

「沒有任何根據。身為人類的我，以自己的力量絕對做不到，所以我想居眾神之末的十二神將說不定做得到，如此而已。」

女人動了動柳眉。

「說不定……？喂，人類，你可不要小看我們十二神將最強與第二強的鬥將！不是有句話說『禍從口出』嗎？有自信非常好，但太過自信會危害自己。」

晴明眼睛微瞇，平靜地做了個深呼吸。神將也意味深長地瞇起了眼睛。

現在說這些沒意義的話，只是時間的浪費。

沒辦法，縱使會削減生命，也只能一口氣解決，才可以繼續前進。

這麼下定決心的他，斜睨著氣勢逼人的神將。

神將看出他想做什麼，淡淡地說：

「人類，我說過，不要小看我們十二神將中最強與第二強的鬥將。」

神氣從她纖瘦的身體冒出來。

「我要用跟其他同袍不同的方式來評斷你。」

晴明結手印，嚴陣以待。

她會怎麼攻擊呢？使用武器嗎？還是通天力量？不管她用什麼招數，晴明都會全力迎擊。

神將忽然變矮了。原來是擺低了架式，身軀瞬間從視野消失了。

「什麼?!」

一個黑影逼近瞠目結舌的晴明。

晴明連驚訝的時間都沒有，胸窩已經挨了一拳。整個肺部的空氣都被擠壓出去，衝擊力從腹部貫穿到背部。

「唔……!」

彎成く字形的身體往前倒，神將後退一步閃開了。摔得慘兮兮的晴明，弓著背痛苦呻吟，不停地咳嗽。

沒想到神將會赤手空拳發動攻擊。

晴明的視線殺氣騰騰，神將滿不在乎地對他說：

「一拳就完蛋了嗎？人類，這樣也敢妄想要我們跟隨你？太可笑了。」

神將舉起手，揮手示意晴明儘管放馬過去。晴明搖搖晃晃地爬起來，聲音嘶啞地反擊說：

「十二神將的第二強者居然這樣對付人類，太幼稚了……！妳是因為通天力量贏不過青龍，才要靠武器來彌補吧！」

神將無聲地蹬地躍起。

疼痛還沒消失的晴明來不及反應，反射性地舉起右臂，還是被高高舉起的白皙大腿給踢倒。

「唔……！」

好重的一腳，就像被巨大的猛獸突擊。

毫無招架之力的晴明像球一樣彈飛出去，在地上翻滾。

全身骨頭都快散了，嘎吱嘎吱作響。晴明扒抓著沙土，強撐著爬起來，覺得天旋地轉。是輕微的腦震盪，扭擰了他的視野。

就算把全身重量放在腳上，也不可能踢得這麼重。

以前晴明在山中遇過山豬。跟神將那一腳比起來，那隻山豬以身體衝撞的力量簡直是兒戲。

帶點失望的聲音，在扭曲變形的視野一角響起。

「陰陽師除了法術外，通常還會帶劍吧？」

晴明緩緩張開眼睛說：

「妳……還真清楚呢……」

他強忍著暈眩和噁心，掙扎撐起身體，按著膝蓋站起來。

神將的臉上浮現類似輕蔑的表情。

「像你這樣只會用誇張的法術，矇騙人類的眼睛，還悠悠哉哉不求長進，夠資格當我們的主人嗎？」

晴明默默瞪著目光炯炯的神將看。

那頭黑色直髮隨著神氣飄揚。

來了！就在直覺這麼告訴他的同時，神將瞬間縮短距離，撲向了他。他奮力往後退，極力想拉開距離，但神將早猜到他會這麼做，緊迫釘人地揪住他的衣襟，單手把他拋飛出去。

接著，她再用膝蓋撞擊晴明腹部，給他致命的一擊，然後殘酷地說：

「怎麼了？這樣就完了嗎？」

晴明拉回遠去的意識，發不出聲音，只能拚命喘氣。

不只是腳力，把晴明這樣的成年男人單手拋出去的臂力，也是人類不可能擁有的。

那雙纖細的手，究竟哪來這樣的力量？

晴明沒有小看她的意思，但真的難以想像。

這樣下去會被殺死。她一旦認定晴明沒有資格當主人，就會殺了晴明，讓同袍們解脫契約的束縛。

晴明把力量注入麻痺的指尖，在半空中抓撓。

顧不得背部與腹部的疼痛，他用力吸氣，把意識傳達到全身肌肉。

神將察覺他這樣的舉動，臉色驟變，立刻往後退，與晴明拉開距離。

晴明翻轉不再那麼沉重的身體，顫抖著站起來。

然後他把全副精神都集中在神將的行動上。神將的動作太快了，萬一掌握不住就會被耍得團團轉。

他徹底開啟自己的視覺與聽覺。

風聲颯颯，有個影子滑入左方。

「唔……！」

晴明以毫釐之差閃過攻擊，抓住了伸過來的手，利用神將自身的力量，借力使力把神將甩出去。

神將扭轉身體試圖翻轉，但晴明抓住她的手不放，在她雙腳著地那瞬間不給她重整態勢的機會，使出渾身力量把她往前拉。

神將失去了平衡，晴明試圖反擰她的胳膊，但被她快一步逃開了。

往後退的神將，似乎察覺到什麼，瞇起了眼睛。

晴明調整呼吸，嚴陣以待。

所有情感都從他臉上消失了。

他以最低限度的力量擋開神將再次發動的攻擊，抓住神將纖細的手，邊反扭邊將她曳倒，再用空著的手抓住神將細長的脖子，以這樣的架式困住她，讓她動彈不得。

這個動作花不到一個呼吸的時間。

轉瞬間被壓制住的神將，顯得出奇地沉著，盯著晴明。

「你……還真熟練呢……」

晴明沒說話，手一使力，神將就痛得臉部扭曲。

神將的肩膀和胳臂的骨頭咔咔作響。晴明若用手肘直接敲下去，胳臂的骨頭就會碎裂，再一用力扭轉，肩膀就會脫落，扯斷肌腱。這是個絕不能大意的對手，即使做到這種程度，也未必能消磨她的鬥志。

抓住她脖子的手就放在脈搏跳動的地方，一使力，就可以殺了她。晴明大可避開骨頭，逐一摧毀她柔弱的地方，就能不留痕跡地終結她的呼吸、脈搏。

晴明忽然想到，原來十二神將也有脈搏？那麼，從這裡砍下去，也會跟人類一樣噴出紅色的血吧？

「抱歉，我沒有餘力對妳手下留情。」

若不抱著殺死她的決心迎戰，死的就是自己。

說話冷酷而直接的晴明，聽到一陣輕笑聲。

他不禁懷疑自己的耳朵，但神將的確笑了。

「妳笑什麼……」

正要接著說什麼時，神將撇嘴一笑說：

「原來如此。」

晴明有種難以形容的感覺，沉默下來，耳中潛入平靜的聲音。

「陰陽師……原來你深藏不露？」

壓住神將的晴明，表情變得冷靜清澄，跟剛才面對青龍時的變形怪模樣完全不一樣。

他瞥一眼神將的手臂，想著該不該直接扭斷？

還是直接攻擊脖子上脈搏規律跳動的地方？

在沉默下淨想著這些可怕的事，這時，他又聽見神將平靜的聲音。

「回答我一個問題，陰陽師。」

神將看起來一點都不驚慌，淡淡地問：

「你殺過多少人？」

晴明的眼中閃過不安的神色。

「不知道，去數那種無聊事，有什麼意義？」

晴明是陰陽師，陰陽師有表、裡兩面。

有時靠法術，有時靠武器，有時靠手。必要時，會殺了對方。

倘若同情敵人，自己就會成為死屍。被抓到弱點，就會被殺死。

為某人使用法術，就會出現另一個仇人。隨時會被人盯上，遭人攻擊。

這原本只是用來自衛的防身術。人類被邪惡的東西附身時，會失去理性，變得力大無窮。為了壓制他們，必須正確掌握人類的身體，學會靈活捕捉他們的特殊技術。

只要稍微改變使力的方式，這樣的技術也能輕易殺了對方。

他救過人，也殺過人；心中有光明，也有黑暗。他親手結束過無數的生命，也背負著無數的罪孽。

但是，那又怎麼樣呢？

這些不過是大家都知道，卻不願意去面對的事，不是嗎？

這雙手沾過好幾次血，不管怎麼洗，都洗不去附著的污穢了。

陰陽師之所以成為陰陽師，就是因為背負了這一切。

聽完晴明的答覆，神將眨眨眼說：

「今後你會再結束更多的生命嗎？」

「有必要的話。」

「即使被式神阻止？」

「主人是我。」

「也會命令式神去做那種事？」

「我不敢說不會……」

聽完這些話，她平靜地閉上了眼睛。

「放開你的手，人類。」

不知道為什麼，晴明沒有抗拒。

神將的聲音有著不可思議的魅力，與陰陽師操縱的言靈不一樣。

被放開的神將輕盈地跳起來，遠離晴明後，轉過身來。

晴明表情冷漠，不帶任何感情地望著她。

晴明身為陰陽師的冷酷面，沒有人見過。把他這一面揪出來的神將，嚴肅地開口說：「我是十二神將勾陣。」

晴明表情毫無變化地瞪著勾陣看，眼睛眨也不眨一下。

勾陣也用挑釁的眼神看著晴明。

「最後一名是火將騰蛇。」

果然如此。

最兇的神將是騰蛇，晴明可以理解。

火將騰蛇所操縱的火焰，恐怕熾烈到可以燒毀所有的一切。

「安倍晴明，你在到達這裡之前，已經把你是怎麼樣的人都展現給我們看了。我也接納了你，但還摸不清你的底細。」

保持沉默的晴明，不解地皺起眉頭。

「什麼？」

勾陣忽然撇開視線，望著遠處說：

「他是最強、最兇的鬥將，他的力量是足以燒毀萬事萬物的地獄業火。我最後的決定，全看你能不能把他也收為使令。」

黑曜石般的雙眸異常沉靜。

「你的力量已經用罄，也暴露了你邪惡、骯髒與黑暗的一面。倘若除了這些之外，那個騰蛇還能發掘你其他的價值，就證明你有足夠的器量當十二神將的主人。」

勾陣說完，就在黑暗中轉身離開了。

身影消失的剎那，晴明還想追上去，但想到毫無意義而作罷了。

勾陣一消失，強烈的疲憊感就一湧而上。

可見她的存在對晴明來說是多大的壓力。

「她是僅次於最強者的鬥將……」

那麼，最強的神將究竟有多強？

一路走來，幾乎所有神將都說不要收他為使令，為什麼勾陣會把自己的進退交由騰蛇來決定呢？

晴明覺得，說不定有了勾陣，就能擊敗盯上橘家小姐的怪物。可是收服不了騰蛇，勾陣也不會跟隨他。

騰蛇一定很可怕，連勾陣都無法跟他相比。

他的存在與至今所見過的神將，有清楚的分隔線。

快被疲勞壓垮的晴明，跨出了腳步。

步履蹣跚地走了好久，都沒看到有霧出現。

難道騰蛇連現身都不肯？

晴明還是往勾陣剛才注視的方向走去。

「好累……」

無意識的喃喃自語更加深了疲憊感。

這樣一步步拚命往前走，也可能會落得徒勞無功的下場。

那麼，自己為什麼要繼續走呢？

極度的疲勞，削去了他所有不必要的思想，整顆心都空了。

沒有絕望和希望、沒有喜悅和悲哀，也沒有憤怒和仇恨。

「我……」

腳步愈來愈慢，動作也愈來愈遲緩，幾乎是拖著腳在走。

最後連拖都拖不動了，好累、好累，累死了。

晴明忍不住跪下來。

氣喘吁吁的他，茫然仰望天空。

沒有太陽、也沒有月亮的灰色天空。

呆望一會後，晴明嘆了一口氣。

總是在耳邊縈繞、教人心浮氣躁的所有聲音，都消失不見了。

包括人們背地裡的竊竊私語、流傳的耳語，以及妖魔們的嘰嘰喳喳。

還有自己對自己說的，如刀割般冰冷的言靈。

就在這個瞬間，全都消失了。

然後，一股思緒從空蕩蕩的心底爆發，滾滾而來。

他有想得到的東西。

他有想實現的願望。

一直以來，他都不屑地說自己已經活膩了，從來沒有面對過自己心中真正想要的東西。

望著天空的他，瞇起了眼睛。

然而，盤據在他身上的黑暗、邪惡與污穢已經深入體內，再也除不去了。

有個坦然直視自己的男人。

有個哭著叫他不要犧牲自己的女孩。

想伸向他們的手，沾染過許多條生命的血，不值得他們拉住。

他說過這就是陰陽師，這句話是事實。

然而，非陰陽師也非變形怪的另一個晴明知道，真正的他還不只是這樣。

十二神將很殘酷。但他們是神，要成為他們主人的人類，必須徹徹底底地剖析自己。

究竟有多少人可以熬過這樣的考驗？

沒有人想看見自己的醜陋、愚蠢、膚淺、骯髒或卑鄙。

對這麼平凡的人類來說，十二神將的存在過於龐大。在太過強大的力量牽引下，總有一天會鑄下大錯，不得不做出殺神的裁定。

同時，主人也必須懲罰自己。想有所得，就要負起某種義務。逃避義務的人，沒有資格取得任何東西。

通往這裡的道路，就是為了讓他認清這件事。

仰望著天空的晴明，不禁冒出一句話：

「……儘管如此……」

他還是來到了這裡。

從奮力反擊，到知道自己的無力、抱定必死的決心。

這些都是晴明自己走過的道路。

心乍然平靜下來。

就在這時颳起了風。

吹在臉上的風，帶著詭異的溫濕感。

感覺有股針扎般的銳利視線。

刺人的視線，從後方直直貫穿了晴明。

「……唔……」

就在察覺到的同時，晴明像被蛇盯住的青蛙，連一根手指都動不了。

額頭、背上都冒出冷汗。

溫濕的風逐漸產生熱度，沒多久就變成夾帶著火辣辣熱度的強烈風勢。

熱浪捲起了沙塵。被燙熱的沙子襲向了晴明。

轟轟作響的狂亂熱風，威力逐漸增強為暴風。

狂吹著晴明的暴風就是酷烈神氣的具體展現。

動彈不得的晴明，好不容易才吸了一口氣。

這就是——

「十二神將……火將……騰蛇！」

晴明低喃著，霎時恍然大悟。

水將天后為什麼勸他不要想把最強的神將收為使令？

金將白虎、木將六合話中的意思又是什麼？

就是要告訴他，雙面刃是太過強大的力量，會帶來災難。

那不是他所能控制的力量。

有生以來，晴明第一次打從心底感到恐懼。

視野佈滿鮮紅的風，蒸騰的鮮紅熱氣如波濤洶湧的狂浪席捲而來。

火焰在狂亂的風中舞動，捲起了火漩渦，瘋狂地搖擺扭動著。

這股神氣顯然跟已經臣服於晴明的十一名神將大相逕庭。

過度的驚恐使晴明完全無法思考，大腦一片空白。

淒厲而嚴酷的火焰會燒毀所有的東西，不留任何痕跡。

剛剛才屈服的鬥將的聲音，在他空白的心中響起。

——他是最強、最兇的鬥將，他的力量是足以燒毀萬事萬物的地獄業火。

晴明凝結的雙眸，閃過了光芒。

「最兇……」

連身為同袍的神將都害怕，像是遭到排擠的最兇鬥將。

晴明的心告訴他，不對，那是本能的恐懼，來自心底深處。

因為擁有太強的力量，而被忌諱、被疏遠。

這不就是……

不就是……

人人懼怕、忌諱、疏遠的半人半妖——他自己的翻版嗎？

灼熱的火焰依然捲起漩渦，在周遭狂舞。

晴明卻覺得原本緊繃而僵硬的身體，整個放鬆了。

人只會看見自己想看見的東西，從中找出存在於自己體內的部分。

一旦覺得可怕，就會打從心底感到害怕。

然而，真的可怕嗎？對方真的是只會讓人恐懼的存在嗎？

狂擺著捲起漩渦的灼熱火焰、地獄業火，只是會讓人恐懼的存在嗎？

不，晴明知道不是。

火焰的確可怕，然而，火焰會將罪孽、過錯和污穢燒光、淨化。

地獄底下的業火為什麼燃得那麼旺盛？就是因為火焰可以淨化永遠不能贖清的罪過。

那麼，騰蛇就是——

晴明鞭策自己還不停顫抖的僵硬四肢，打直膝蓋，緩緩向後看。

灼熱的風把他吹得搖搖晃晃。

舞動的火焰遮蔽了視野。在照不到陽光的地底下，那不就是吞噬罪孽、過錯和污穢等所有邪惡事物的唯一救贖嗎？

那麼，被燒光的那些東西，都去了哪裡呢？

淪落地獄的罪人，身心都會被那把火燒光，連同罪孽、過錯和污穢一起被燒毀。

那麼，所有東西都被清除之後呢？那些人會到哪裡去呢？

「……」

鮮紅的鬥氣捲著漩渦，看起來就像一朵大大的花。

晴明腦中閃過一個光景。

沒有罪的人去的地方，水面盛開著花朵，是充滿亮光與祥和的天上之國。

在那裡盛開的花，都是從泥土發芽、伸出根莖，長得又大又鮮豔。

被鮮紅鬥氣包圍的身影，出現在燙臉的熱風中。

清楚看見那個身影的晴明，無力地跪了下來。

這次他真的不能動了。

那團火是地獄之——

「原來……」遍體鱗傷的晴明，恍然大悟地低喃著：「這麼漂亮啊……」

被灼熱鬥氣包圍的神將，眼睛微微抖動。

淒厲的熱風拂過晴明的臉，揚起他的頭髮。

假如這把火真能燒毀所有的東西，那麼，是不是也可以燒光已經深植他內心的東西呢？

驅逐他想去彼岸的心、想融入黑暗的衝動，把他永遠留在此岸。

然後，是不是總有一天，這個身體能像那花朵盛開的地方般，堂堂沐浴在陽光下呢？

迴旋的神氣逐漸平息，顯現出神將的全貌。

他可能比所有神將都高，年紀跟青龍差不多。從外表來看，比晴明大一些。顏色比鮮紅還要濃烈的頭髮蓬鬆凌亂，長度還不到肩膀。表情精明強悍，金色雙眸閃爍著犀利的光芒，直視著晴明。有對尖尖的耳朵，閉著的嘴巴微露尖銳的犬齒。

褐色肌膚上有奇特的圖騰，一身裝扮像尊佛像，裸露的肩膀有著結實的肌肉。纏繞在兩隻手臂上的絲布，被鬥氣吹得高高飛揚。

這就是最強的兇將騰蛇。

好幾個神將都說，不要妄想把這個男人收為使令。

然而……

晴明舉起下垂的右手，直指著騰蛇說：

「請問……」

騰蛇訝異地看著他，他像自言自語般喃喃說著：

「究竟是誰說……你身上的火焰是地獄的業火？」
騰蛇一臉錯愕地瞠目結舌。
晴明的眼睛顫抖著。
天上那片水面浮現腦海。
「明明就像……在水面盛開的……紅蓮嘛……」
這麼低喃後，他想起一件很重要的事。
他都忘了給那些成為他使令的神將們，取一個身為式的名字。
名字是最短的咒語。取名字是靈魂的契約，表示他們已成為自己的眷族。
鬥氣捲起漩渦的紅蓮。
晴明閉上了似鉛塊般沉重的眼皮說：
「決定了，你的名字就叫紅蓮。」
希望這把火可以淨化他身上的晦暗。
「希望你就像綻放在冰涼水面上的美麗紅蓮花，撫慰人心……」
晴明的聲音微弱。
意識愈來愈模糊。
說完，他就搖搖晃晃地往一邊傾倒了。
騰蛇在他昏迷倒下之前接住了他。
倒下來的年輕人動也不動了。

十二神將騰蛇低頭看著他蒼白的臉。

這個半人半妖的年輕人到目前為止的心境變化、行動和承諾，以及與同袍們的對話和行動——

騰蛇全看在眼裡了。

同樣是十二神將，只有騰蛇的存在最特殊。除非絕對必要，否則他不會在同袍面前出現，甚至有同袍露骨地表現出對他的恐懼。

既是同袍，也是異類。最強、最兇的神將，在誕生之際就與眾不同。

十二神將是人類想像的具體呈現，是對他們有所期待的人類的心創造出了他們，替他們塑造了容貌。

唯有騰蛇是與同袍們劃清界線的特異模樣，這是因為人類本能地會對過強的力量產生畏懼與排斥吧？

凡是與自己性質迥異、與自己不相同的事物，其間的差異必須是肉眼看得見的。沒辦法一眼看透的東西，會讓人覺得更陰森、恐怖。

只要是任誰都能明顯看出來的異端，就有理由害怕。

是的，人類需要理由。

對於因此而產生的形象，騰蛇本身早有覺悟，可以說是豁達地承受了。

人類會怕騰蛇，怕他的神氣、怕他的火，還會排斥他過強的力量。

這是好事。

過強的力量是雙面刃，只追求力量會自取滅亡。

然而，這個男人不一樣。

騰蛇望著昏迷的蒼白臉龐，眨了眨眼睛。

在他身上，看到了某種超越恐懼的東西。

第一次有人指出騰蛇除了向來引人注目的地方之外，還有其他的部分。

人只會從對方身上看到自己體內所擁有的東西。

自己體內沒有的東西，絕對看不見。

緊緊抿成一條線的嘴唇終於動了。

這個男人從最強、最兇的十二神將「火將」騰蛇身上看見的是——

「……紅蓮……」

# 8

◇　◇　◇

行元服禮那天，話不多的父親喃喃吐出了一句話。

——是血緣嗎？

納悶的父親嘀嘀咕咕地低喃著。

不知道是幸還是不幸，我的血緣中沒有繼承太多那種力量。

所以，其中存在著你母親的遺傳。

差不多該叫喚你的名字了。

你母親葛葉最後的交代是，在成人儀式之前，絕對不要叫喚那個名字。

兒子啊。

她從來沒有叫喚過的那個名字是——

◇　◇　◇

過了六道路口，進入鳥邊野一帶，馬就害怕得不肯前進了。
安撫了好久，馬才勉強往前走。
連白天都沒人想進來的送葬之地，到處都是送葬的痕跡與隆起的土堆，連在工作上看盡此岸與彼岸間狹縫的岦齋，都覺得很陰森。
可是，做了幾次占卜，結果都指向這裡。
根據占卜顯示，不只女孩，連晴明的護符都在這裡。岦齋相信女孩和護符一定在同一個地方，所以勇敢往前走。
這條路的盡頭到底是什麼？
「我記得……有座寺廟……」
那是換過好幾個住持、現在無人繼任而已經腐朽的寺廟。
會是那裡嗎？
「馬兒，拜託你了，在那裡。」岦齋拉住韁繩控制馬兒往那裡走，回過頭喃喃唸著：
「那傢伙怎麼拖到現在還不來？」
太陽就快下山了。天一黑，就是妖魔鬼怪猖狂時。
可能的話，最好在那之前趕到。
岦齋從懷裡抽出自製的符咒。
很快地摺起紙、吹口氣，符咒就變成了一隻鳥。

「去晴明那裡！」

鳥從岦齋手上飛走了。

✖ ✖ ✖

手指動了一下。

左臉有冰冷的微刺感，晴明猛然張開眼睛。

橙色燈光照亮四周。

蒼鬱茂密的樹木林立周圍，徐風吹動著樹葉。

從遠處傳來聒噪的烏鴉叫聲，掩蓋了鳥鳴聲。

晴明爬起來，發現自己躺在自己畫的魔法陣裡。

「我……」

嚴重耗損的身體居然沒有哪裡不對勁。多次與神將們對峙而嚴重破損的衣服也完整無缺，連污點都沒有。

「這是……」

「你醒了？」

聽到莊嚴的聲音，晴明往後看。

「天空！」

十二神將天空以禪坐姿勢飄浮在半空中，手中握著枴杖，閉著眼睛，看不見眼眸。

但是晴明的確看過他張開眼睛的模樣。

「這到底是怎麼回事……」

天空對驚慌的晴明微微一笑說：

「你的肉體一直都在這裡。」

「那麼，在那個世界的是？」

「我只有把你的心帶到了我們居住的異世界，因為待在人界有很多不方便的地方。」

原來如此，所以他毫髮無傷。

「在異界，人類不能存活太久，我做出了依附體，再把你的心放進去。你在那裡的所見所聞都是真的，絕不是作夢。」

天空解除禪坐，降落地面，接著敲響手中的枴杖，在晴明面前跪下來。

「安倍晴明，今後我們十二神將都將聽命於你，任你使喚。」

所有神氣都呼應這句話，降臨現場。

雖然都隱形沒有現身，但十二神將全到齊了。

「不對……」

晴明喃喃說著，集中精神。

唯獨感覺不到騰蛇的氣息。

「我們的主人啊！」

聽到沉穩的叫喚聲，晴明不由得挺直身體。
天空閉著的眼睛朝向晴明。明明是閉著，卻有被他瞪視的感覺。
「我們擁有龐大力量，且居眾神之末，卻成為你的使令，所以我們會依據你的器量，調整我們的力量。」
「什麼？」
晴明聽不懂他在說什麼，疑惑地皺起眉頭。
「簡單來說，就是你在異界看到的我們的力量，在人界連一半都無法發揮。」
「你說什麼?!」
老人淡淡一笑，對驚愕的晴明說：
「我不是說會依據你的器量，調整我們的力量嗎？所以如果你想得到我們的力量，就要培養出相應的器量。」
晴明啞然無言，老人又接著宣示：
「我們的確都成了你的式神，但是，若你讓我們失望的話，我們還是會維護我們的自尊。」
「你的意思是，如果我不符合你們的期待，你們就會毫不留情地拋棄使令的任務嗎？」
「是的。」
「……」

原來他們還沒徹底臣服？晴明不禁想咂嘴咒罵。
但是，目前這樣就夠了。
倘若自己被問願不願意到死都當他們的主人，晴明也答不出來。
因為他只是目前有需要，才收他們為使令，沒有想太多。
晴明甩甩頭，轉身離開。
「晴明，你要去哪裡？」
晴明轉過頭對天空說：
「我要去橘家，我有不好的預感。」
就在這時候，有隻鳥直直飛來。
一看就知道不是普通的鳥。
「式……？」
鳥兒在晴明頭上盤旋，好像訴說著什麼。
「是岦齋？怎麼了……」
晴明低喃著，赫然想起自己處在異界時，心中有強烈的忐忑不安。
「我要趕過去！」
拔腿奔馳的他被風纏住，倒抽了一口氣。
《喂，你在幹嘛？》
是隱形的風將，不悅的聲音掩不住焦躁。

全力衝下山的晴明，沒好氣的語調也不輸給風將。

「一看就知道吧！貴船離京城很遠，不趕路怎麼行……」

《我是說，我們已經是你的式啦！》

急躁的太陰只好動武了。

突然颳起的一陣風包圍了晴明，被強風吹得幾乎窒息的他嚇得閉上眼睛。

「唔哇！」

《好了，可以走了，請帶路！》

颼颼風聲，伴隨著強烈的搖晃。

晴明張開眼睛看怎麼回事，不禁大驚失色。

身體飛起來了。

被劇烈龍捲風攫住的身體飄浮在半空中。

「我、我在飛?!」

旁邊出現個子嬌小的神將。

「喂，晴明，到底要去哪裡啦?不要嚇成那樣，快告訴我！」

茫然失措的晴明這才回過神來，點點頭說：

「是、是……」

鳥兒往京城東側飛去了，也就是送葬之地的方位。

「追、追那隻鳥。」

看到晴明指的那隻鳥，太陰循線飛去。

「那邊嗎？好，要去囉！」

風猝然轉強。在沒有任何支撐狀態下被風纏住的晴明，覺得很不舒服，噁心想吐。

被攪得狼狽不堪的他，心想這樣總比用跑的快吧，應該是吧？

他邊這樣努力說服自己，邊乘著太陰的風飛過天空。

✶ ✶ ✶

那是一座被傾毀倒塌的牆圍住的寺廟。

從馬背下來後，豈齋把轡繩綁在附近的樹上。從剛才就覺得陣陣寒意襲來，身體顫抖不已。

可怕又強大的怪物就在附近。可能的話，他實在不想靠近。

不經意地往前一看，發現地上有張白紙般的東西。

豈齋衝過去撿起來，確定那就是他交給女孩的晴明做的護符。

沒錯，女孩就在這裡。

「是怪物發現護符，把護符搶走了嗎？……」

女孩果然隨身帶著這張護符。

「馬兒，為了預防萬一，你也帶著這個吧！」

他把護符固定在馬鞍上，以免掉落，然後推開破裂的門。

還以為會看到荒廢頹圮、佈滿灰塵的景象，沒想到比想像中乾淨許多。

潮濕的空氣混濁不清，階梯和走廊卻都擦拭得一塵不染。

「它還真愛乾淨呢！」

豈齋讚嘆不已，但還是穿著鞋子進去，往裡面走。

忽然飄來一陣甘甜的香味。

「這是……」

就是深入那個香爐的薰香氣味。

豈齋衝進拉起板窗、放下竹簾的寬敞房間。

女孩躺在裡面，被老舊的屏風與憑几圍住。

陶製香爐擺在她旁邊，從中飄出了「破心香」的香味。

女孩臉上看不到半點生氣。

豈齋臉色發白。

「橘小姐！橘小姐，振作點。」

他慌張地搖女孩的肩膀，她也沒有反應。胸口還有微弱的起伏，可見還活著。

豈齋鬆口氣，抓起香爐丟到外面。

「這樣就行了……」

才剛放鬆，就發現背後有股妖氣。

他全身起雞皮疙瘩，四肢戰慄。

突然，他的身體被擊飛出去，撞上牆壁。

靠著牆癱倒下來的豈齋一臉茫然，不知道發生了什麼事。

好像全身骨頭都要散了，痛得他表情扭曲變形。只能移動視線的他，看到一個男人站在女孩身旁。

豈齋不寒而慄。

好高、好俊俏的男人，不像活在這世間的人。看著豈齋的眼睛是銀色，嘴巴歪斜成新月形。

他身上穿著罕見的衣服。在大陸書籍中，曾看過關於遙遠西方之國的記載，很像書中所描寫的裝扮。

男人咧嘴笑著，露出特別長的犬齒。

「鬼……」

豈齋口中低喃，由於受了重傷，所以就算使出渾身力量，還是動彈不得。

男人撫摸著女孩的臉說：

「啊，好可憐，被骯髒的螻蟻之輩觸摸，妳一定覺得很噁心吧？」

掙扎著想爬起來的豈齋被這句話惹火了。

「喂，等等……！」

才剛吼一聲，男人就鄙夷地看著他說：

「螻蟻之輩不要說話，看了就煩。」
豈齋把力量注入手臂，怒視著對方說：
「像你這樣欺騙嬌弱的女孩，嚇唬她、擄走她，才是螻蟻之輩！還用這種薰香攪亂她的心！」
男人很生氣，瞇起眼睛說：
「欺騙……？為了帶回我心愛的妻子，我不知道花了多少苦心呢！像你們這種螻蟻之輩，怎麼可能理解？」
豈齋好不容易才爬了起來，挺起膝蓋撐住身體。
「啊？誰是你妻子？」
男人抱起失去意識的女孩，心疼地撫摸著她的臉。
「我花了好久的時間，終於讓她回到我身邊了。」
「不要碰她，你這個邪魔外道！」
豈齋大聲怒吼，男人瞄他一眼，目光猙獰地笑了起來。
「啊，吵死了，趕快把他丟到哪裡去。」
是在對誰說呢？
正疑惑時，旁邊冒出一團黑影。
豈齋剛猛然轉頭看，衣服就被銳利的爪子抓破了。
他扭動身體，背部緊貼著牆壁，冷汗直流。

「不會吧……」

三隻黑狼不知道什麼時候包圍了豈齋，嘶吼咆哮。

公子對三隻狼下令。

「我把他送給你們。把他拖出去，隨便你們怎麼處置。」

狼的眼睛金光閃閃，用舌頭舔著嘴巴，口水不斷流下來。

豈齋四下張望，尋找可以當成武器的東西。

左、右、前方都是狼，背後是牆壁。手邊什麼都沒有，只有他自己帶來的止痛和止血護符。

真的是所謂的死路一條，該怎麼辦？

男人輕輕橫抱著女孩，轉身離開。

「喂，等等！你要對她怎麼樣？」

豈齋邊注意嗚嗚嘷叫的狼群，邊對男人大叫。他回頭對豈齋說：

「我要把我妻子抱回臥房，這個房間太危險了，會被你這樣的螻蟻之輩闖入。」

看到女孩的長髮在地上拖行，男人皺起眉頭說：

「太長了……等一下幫她剪短。」

豈齋對著他的背影怒吼：

「等等！你居然要剪女生的頭髮？這麼做，她會很傷心的，喂！」

不管他怎麼吼，公子都不理他。

狼群慢慢縮短距離，故意逗著他玩。

「別開玩笑了，喂……」

豈齋結刀印，擺好陣勢。

據說在山中修行的人，連熊都可以封住。可是豈齋還沒有遇過熊，所以不知道自己的法術對野獸有沒有用。

外面忽然響起不尋常的馬啼聲。

「馬兒?!」

難道外面也有狼嗎？

再擔心也沒有用，他自己都陷入了絕境。

對不起，馬兒，如果我可以活著回去，會替你厚葬。

恐懼的嘶鳴和慘叫聲，與無數的振翅聲交疊。

是鳥群嗎？

傳來刺耳的吱吱叫聲，不知道發生了什麼事。

狼群激烈嗥嘯，聲音震耳欲聾。

就在這時候，強烈的震盪撼動了整棟建築。

撞上老舊屋頂的龍捲風，幾乎摧毀了一半的建築物。

晴明在瓦礫和木屑不斷掉落中，搖搖晃晃地站起來。

身體很不舒服，很想吐，他都靠意志力熬過去了。
太陰滿不在乎地抬起頭，看著自己撞出來的大洞，豎起了柳眉。
「真是死纏不休！」
撲向他們的一團黑色凝聚體，是一大群的蝙蝠。
牠們吱吱叫著飛過來，用尖銳的牙齒、爪子攻擊晴明。
一靠近這座古寺，蝙蝠的數量就莫名其妙大增，尾隨他們而來。
太陰好幾次用風驅散牠們，但數量還是愈來愈多，在龍捲風裡橫衝直撞地糾纏他們。
蝙蝠們好像被控制了，頑強地攻擊太陰和晴明。
「搞什麼嘛！煩死了！」
太陰怒火中燒，爆發神氣。
蝙蝠們被炸得七零八落，晴明也被暴風掃到。
太陰一見晴明撞上牆壁，慘叫起來：
「哇！你在幹什麼？晴明！」
也不想想是誰害的！晴明暗自咒罵，慢慢站起來。
「橘小姐在哪裡……」
就在這時，響起了詠誦真言的聲音。
晴明大吃一驚。
「岦齋?!」

靈力與法術的波動，從另一邊的建築物傳來。

野獸的慘叫聲震響，緊接著是咆哮與遠嗥聲。

「狼?!太陰，妳負責趕走蝙蝠！」

「咦？等等，晴明！」

晴明拋下太陰衝了出去，卻被無數蠕動的繩子纏住了腳。

「蛇?!」

盤繞蠕動的蛇群目光炯炯地一起衝過來。晴明感到脖子發冷，不經意地移動視線，又看到更多的蛇爬上了外廊。

「怎麼會這樣……」

整棟建築物籠罩在詭異的氛圍中。是那個怪物散發出來的妖氣，把蛇全引來了這裡。

「被操縱了？」

從外面傳來無數的咆哮聲，與馬的嘶鳴聲交疊，恐懼的慘叫聲與馬蹄聲不絕於耳。

蛇群同時撲上來，晴明也嚇得倒抽一口氣。

眼前出現了兩個人。

突然冒出來的水柱，把蛇群沖走了。水把窸窸窣窣爬行的蛇群沖散後，在四周築起了水幕。

兩人轉向晴明，滿臉無奈的樣子。

「晴明，你為什麼不命令我們呢？」

「恕我直言，我實在看不下去了。」

是玄武和天后。玄武築起的水幕，阻擋了一隻接一隻衝上來的蛇群。

天后望著外面說：

「外面綁著一匹馬，被狼跟蛇包圍，嚇得快瘋了，亂踢亂叫。如果您允許，我想去救牠。」

「什麼？」

晴明驚訝地反問，天后又一本正經地接著說：

「那匹馬還能存活，好像是依靠晴明大人的力量，要不要去救牠呢？」

為什麼會是靠他的力量呢？晴明毫無概念，可是也不忍見死不救，未置可否地點點頭說：

「哦，嗯。」

「那麼，我去了。」

天后行個禮，瞬間消失了。

「晴明，你看。」

玄武指著某處，晴明往那裡望去。外表像孩子的神將，用高八度的聲音嚴肅地說：

「烏鴉和蝙蝠成群飛過來了，八成是你說的那個怪物叫來的，我們想去掃蕩牠們。」

「我們？」

晴明訝異地反問，轉眼間出現了兩道神氣。

是白虎和朱雀。

晴明眨了眨眼睛說：

「那就去吧……」

三名神將聽到回覆便隱形了。

晴明嘆口氣，轉身向前走。

紅色蜈蚣群擋住了去路。

晴明正要跨過去時，蜈蚣群跳了起來，嚇得他慌忙往後退。

竟然可以任意操縱蟲、蛇、蝙蝠和狼這麼多的動物……晴明還沒有聽說過這樣的怪物。

《晴明大人。》

直接傳入耳裡的是天一的聲音。

「什麼事？」

《請問我們也可以行動嗎？》

晴明不由得感嘆，十二神將還真有自己的主見呢！

他半耍性子地用力點著頭說：

「你們想怎麼做就怎麼做。」

《那麼，我們走了。》

天一的聲音聽起來滿開心的，跟其他幾道氣息一起消失了。

晴明頭暈目眩，覺得前途黯淡，要想完全掌控他們，恐怕是個大難題。

正咳聲嘆氣時，背脊一陣寒顫。

「——唔！」

晴明猛然轉身。

一個素未謀面的男人站在那裡。

男人環顧四周，看起來不太高興。

「看你們幹的好事，枉費我打掃得那麼乾淨。」

晴明後退一步。怪物都這麼靠近了，他居然完全沒有察覺。

陣陣寒意襲來，他記得這種感覺。這就是賀茂祭那天，騎在牛背上的怪物散發出來的氣息。

比晴明高很多的男人，帶著貼上去般的虛假笑容說：

「啊，你就是那天阻撓我的螻蟻之輩嘛！」

晴明全身起雞皮疙瘩，儘可能虛張聲勢地瞪著他。

但對方不為所動。

「要不是你在那時候出現，我現在已經跟妻子回到從前的生活了。」

「妻子……？」

晴明腦中閃過一道強光。

「什麼意思？難道這件事全都是你一手設計的？」

面對晴明的逼問，對方只是笑。

「把她逼成那樣，你覺得很好玩嗎?!」

男人抹去笑容，瞪著怒氣沖沖的晴明。

「什麼都不知道的螻蟻之輩，少在那裡說大話。她是我的愛人，她是我幾百年來一直在尋找的女人。」

突然聽到這樣的告白，晴明啞然失言。

這個人在說什麼？他說他找了幾百年嗎？

男人笑了，嘴巴露出超長的犬齒，雙眸不時閃爍著銀光，是很奇特的眼眸。

這個國家沒有這樣的怪物，起碼晴明沒有見過。

但是，慢著，大陸沒有這樣的怪物嗎？

晴明搜尋著自己的記憶片段。

在大陸深處，越過高聳入天的山峰的那段絲路盡頭。

是鬼人，有長牙、會吸人血的妖怪。被吸了血的人，也會變成鬼人。

「你是……鬼人?!」

男人笑而不答，晴明全身戰慄。

「唔……！」

這時出現了兩道身影。

「六合、青龍……」

擺出備戰姿態的六合，瞥晴明一眼說：

「你快走。」

青龍沒開口。

晴明猶豫了一下，點點頭往前跑。

男人試圖阻攔，被六合、青龍擋住了。

他氣得七竅生煙。

「不要妨礙我，你們這些狗腿！」

他怒吼著，爆出了強烈的妖氣。

青龍迎著妖氣掀起的風，冷冷地說：

「在大陸的遙遠西方，有像這傢伙一樣的妖怪。」

六合對同袍點點頭，摘下左手上的銀環，一眨眼，銀環就變成了長槍。

男人高高舉起雙手，從他手中升起黑霧般的氣體。

「這是我找回妻子的慶宴的餘興節目，狗腿們，我要用你們所有人的血，染紅我婚禮的衣服！」

豈齋對三隻狼施了法，趁隙跑到屋外，卻看到還有十多隻狼等在那裡，只好豁出去了。

面對撲向自己的狼牙，他認命地閉上了眼睛。

瞬間，強大的神氣降臨。

狼群被擊飛出去，發出淒慘的哀號聲。

等了大半天都不覺得痛，岦齋慢慢地張開眼睛。

眼前站著從沒見過的帥哥、美女。

岦齋看得目瞪口呆，兩人客氣地向他低頭致意。

「有沒有受傷？」

「我不想做無謂的殺生，所以請你暫時待在這裡面。」

猛然回神，岦齋才發現自己被微微發亮的結界包住，而四周都被狼包圍了。

野獸們撲向結界，用爪子、尖牙攻擊，結界還是完好無缺。

岦齋戰戰兢兢地問：

「呃……你們不會是……十二神將吧？」

兩人微微一笑，點頭示意。岦齋頓時全身無力，癱坐下來。

「晴明……」

他閉上眼睛，鬆了一口氣。

原來十二神將真的存在，而晴明也成功地掌控了他們。

「橘小姐！橘小姐，妳在哪裡？橘小姐！」

圍牆內的廣大土地上有好幾棟建築物及倉庫，被風雨吹打著。

晴明從怪物所在的主屋，沿著渡殿走向其他的建築，邊叫喚女孩邊奔跑。

女孩沒有回應。

「橘小姐！可惡……」

難道是自己來晚了嗎？

晴明站在連接其他建築的渡殿上，用力拍打高欄。

「唉……！」

《晴明。》

耳邊有聲音響起。晴明沒抬頭，低聲說：

「什麼事？勾陣。」

十二神將的勾陣現身，毅然指著倉庫說：

「天空說那裡面有用來隱藏什麼的結界。」

晴明心想，天空怎麼不自己出來呢？大概是太老了，盡量不現身吧！

東方天際一片湛藍，西邊的天空卻紅得像鮮血。

亡者們在送葬之地蠢蠢欲動。要是再不快點解決，會惹來很多麻煩。

倉庫的門被鎖得很緊，憑晴明的力量根本撞不開。

勾陣抓住門把，輕輕一拉，就幫他把門啪唧啪唧打開了。

裡面的地板比入口處高，點著幾盞燈。有布從天花板的橫樑懸吊下來，垂掛在床鋪周圍的床柱上。

「有掛帳子的床……？」

晴明喃喃自語著，看到女孩就坐在床帳裡。

「橘小姐！」

正要衝過去時，勾陣卻從背後抓住了他。

「等等，不要貿然接近。」

勾陣從腰間拔出武器。

筆架叉被高高舉起又咻地往下揮，放射出刀刃般的神氣，在掛著床帳的床鋪前，發出聲響四散。

晴明低喃：

「是結界……」

「剛才我就跟你說過了。」

這句話把晴明惹火了。

他惱怒地甩開了勾陣的手。

「橘小姐，妳認得我嗎？」

坐姿端正的橘家小姐全身僵直，像個精巧的人工玩偶。

眼睛眨也不眨，琉璃般的眼眸蒙上陰影，沒有映照出任何影像。

肩膀微微上下起伏，可見還有呼吸。

不知道是中了暗示術，還是……？
女孩的身後，有一套晴明從沒見過的異國風衣服，是純白的，很像冬天穿的冰襲⑭。
勾陣微瞇起眼睛，直指著某處說：
「你看。」
女孩的脖子上有兩個很小的傷口，從那裡延伸出一道血跡。
驚愕的晴明差點站不穩。
鬼人會用尖銳的牙齒咬人類的脖子吸血。而被鬼人吸了血的人，就會拋棄人類的身分，變成跟鬼人一樣的怪物。
難道是自己來晚了一步？
晴明這麼想時，背後有東西爆開，像雷電般的閃光往四處放射。
沙塵飛舞，碎屑散落。
鬼人在煙霧瀰漫中，踩著輕盈的步伐出現了。
「六合跟青龍呢?!」
兩名神將呼應晴明的驚叫，從煙霧中蹦出來，滑入了晴明與鬼人之間。
他們看起來比想像中疲憊。
「六合、青龍，怎麼了？」勾陣問。
青龍懊惱地說：
「不管怎麼攻擊，它都不痛不癢，就像不死之身。」

勾陣也大吃一驚，沒想到連青龍都這麼說。
「比想像中難纏多了。」
六合以缺乏抑揚頓挫的語氣補充說明。
晴明默不作聲，穿越神將們往前走。
鬼人看到晴明，笑著說：
「你闖入我妻子的房間，我可以原諒你。只要你現在乖乖離開，我就饒你一命，快點跟另一隻螻蟻從我眼前默默消失！」
說完後，鬼人癡迷地看著倉庫裡面的女孩。
「多麼漫長的時間啊……自從我妻子在遙遠的西國被螻蟻們奪走後，我癡癡等待這天不知道等多久了。」
「被奪走？」
鬼人可能是一時興起，就回答了。
「生活在東側盡頭的你們，可能無法想像吧？我從海的盡頭跋山涉水而來，只憑著她臨終前的一句話，四處尋找她的靈魂。」
——我會在這世上太陽最先升起的地方等著你。

⑭和服的外層與裡層的顏色搭配稱為「襲色」，種類繁多，譬如春天的「櫻襲」是外層白色，裡層紅紫色，而冬天的「冰襲」是外層白色有光澤，裡層也是白色但無花樣。

鬼人伸出雙手說：

「被釘入木樁的她，就在我這雙手上化成灰燼……被可恨的人類奪走了！」

激動得雙眼閃閃發亮的鬼人，齜牙咧嘴，猙獰地笑著。

「當然，他們也得到了相對的報應，我滅了他們的整座村子。」

不只下手的男人們，連走避不及的女人、小孩都被它殺了。

鬼人的憤怒波動觸動了晴明的直覺，那些悲慘的畫面流入腦中。

怪物的力量使天空變色、河川氾濫。無數的雷電貫穿房屋，滿地都是焦黑的屍體。走避不及的女人、小孩，被野獸追逐凌遲，男人的胸口插著焦黑的木樁。

鬼人站在慘絕人寰的景象中嗤笑著。

這是懲罰，是鬼人給人類的正當懲罰，因為人類奪走了它心愛的妻子。

「然後我憑藉她最後的遺言，踏上了旅程。」

她是與鬼人度過無限漫長歲月的伴侶。鬼人只希望能再擁她入懷，再也不讓她離開。

「她投胎轉世變成人，也是沒辦法的事。但是，沒關係，我妻子就沉睡在她的靈魂深處，只要我再給她一次祝福，就能喚醒她了。」

晴明挑了挑眉毛。

聽完鬼人滔滔不絕的話，晴明低沉地說：

「那麼，你想要的是……？」

「我想要的是裡面有我妻子的容器。為了不傷害這個容器，我一步一步進行，終於拿回來了。」

如果女孩很乾脆地答應了求婚，事情就簡單多了。沒想到女孩表面的心抗拒，使計畫窒礙難行。

怪物早猜到，她生為人類的心會感到害怕，所以利用從大陸國家帶來的薰香，企圖摧毀她的心。

取得毫無損傷的身體後，再給她尖牙的祝福，她就能重生，成為黑暗世界的居民。

鬼人仰望夜幕低垂的天空，舉起雙手說：

「令人厭惡的太陽下山了，螻蟻們，歡迎來到我的地盤。」

鬼人露出尖牙，雙眸閃爍著詭異的光芒。

「所以我剛才叫你們趕快離開啊！」

蝙蝠們吱吱叫著。狼的遠嗥聲此起彼落，處處響起窸窸窣窣的嘈雜聲。

這裡離鳥邊野很近。沉睡的亡者們被鬼人的妖氣吸引，逐漸往這裡聚集了。

「我才不管你是這個國家的妖怪，還是其他國家的怪物，或是尋找妻子的可憐男人。」晴明瞪著鬼人，緊握雙拳，全身顫抖。「我只知道，我非打倒你不可，否則就救不了橘家小姐！」

在這之前，晴明對神將們還有些警戒，很懷疑他們是不是會遵守諾言服從自己。從他們小地方的表現來看，晴明實在很難相信他們。

但是，他現在氣得全身發抖，氣得忘了那些拘泥與猜忌。

鬼人那些話未免太任性了！沒錯，怪物就是這麼任性。

既然如此，身上有一半那種血緣的自己，說些任性的話又有什麼不可以？

晴明結起手印，大聲宣告：

「十二神將，速速聽令，在此集合！」

才剛下令，在場三人的神氣就變了。

到目前為止，他們都是憑自己的意志現身。

但現在不一樣，是主人下的命令。

他們解放了壓抑的力量。

掀起了神氣的波瀾。

分散各處的神將一一現身，包圍了鬼人。

意想不到的是，正好排成晴明在貴船畫下的十二芒星構圖。他們的神氣形成魔法陣，神氣化為光的柵欄，築起了牢籠。

獨缺騰蛇的身影。

晴明在騰蛇面前昏迷了。還來不及確認他是不是已經成為自己的使令，晴明就趕著來這裡。

看樣子，勾陣是臣服了。她說過，她的進退全看騰蛇的決定。所以，騰蛇也臣服了嗎？或者只是形式上臣服，並不打算為自己出力？

五行全都到齊，就能發揮無限的威力。欠一名火將，會減弱火行的力量。火減弱，其他四行就會過強，力量無法均衡。

被神將們包圍的鬼人，老神在在地站在強烈的神氣之中。

「你們想鎖住我，卻欠缺均衡。我只要攻擊你們脆弱的地方，所有力量就會反彈到你們身上，要不要我做給你們看？」

鬼人揮動右手，迸出黑色煙霧，把神將們的通天力量往回推，相互拉鋸。

煙霧變成手的形狀，緊緊握住沒有戰力的嬌小神將玄武、天一和太裳。

「天貴！」

朱雀大驚失色，但他自己也被鬼人的妖氣困住了。充斥著邪氣的水膜將他吞噬，剝奪了他的神氣。

其他神將也一樣，木將被金氣吞噬、土將被木氣吞噬、金將被火氣吞噬、水將被土氣吞噬。

鬼人靈活操縱與各個屬性相剋的力量，壓制住神將們。

「鬼人可以操縱五行……？」

連晴明都毛骨悚然。鬼人以五行相剋的原理，封住了神將們的神氣。這樣下去，神氣會被抵銷，以神將的力量編織出來的封縛結界也會失效。

十二芒星缺一角已經失去均衡了，又遭到這樣的攻擊，很快就會被摧毀。

對準空缺位置放射的妖氣濺起火花，從神將們的縫隙間襲向了晴明。

猝不及防襲來的火花劃破了晴明的右肩，響起尖銳的爆裂聲，鮮血四散。

晴明搖晃一下，好不容易才踩穩腳步，做了個深呼吸。
神將們邊全力對付鬼人的妖氣，邊注視著晴明。
他們說過會評估晴明的器量。假如晴明是把事情都推給神將，自己在一旁涼快的那種人，他們就不會跟隨他。
「把鬼人壓制住！」
他們聽從晴明的命令，以天空為中心，更加強了封鎖鬼人的結界。
築起了一層又一層結界的神氣，既清靜又高潔，遠超出晴明的想像。
那是半人半妖的他絕對不可能擁有的力量。
然而，晴明也有晴明的作法。
安倍晴明是陰陽師。
陰陽師會觀察星座、製作曆表、占卜吉凶。
降伏惡鬼怨靈、魑魅魍魎、維護人們的安寧，是陰陽師的使命。
不論什麼怪物，不分東、西方國家，殲滅的法術都差不多。
晴明用出血不止的右手與左手結印。
槍之印。
「謹請甲弓山鬼大神，降臨此座，縛住邪氣惡氣。」
日之印。
「謹請天照大神擊退邪氣惡氣妖怪。」

天結之印。

「以天之雙手縛住。」

地結之印。

「以地之雙手縛住。」

晴明不停更換手印。每當咒文響起，原本悠哉自若的鬼人，表情就愈來愈難看。

「你幹什麼……！」

鬼人齜牙咧嘴，卻發現自己的雙腳像生了根，不能動了。

仔細一看，自己正漸漸變色，變成石頭的模樣。

鬼人環顧四周。

高舉雙手的神將們，從全身冒出神氣。

所有神氣相疊而形成滾滾浪潮，迸射出強光，攫住鬼人的妖力，勒緊摧毀。

「好大膽的螻蟻！現在我還可以放你一條生路，快解除可惡的法術！」

鬼人的咆哮震耳欲聾，但晴明還是繼續唸咒文。

釧之印。

「天地陰陽行神變通力。」

硬化從四肢蔓延到全身，只剩脖子以上可以動的鬼人慘叫起來。

「以前也是，現在也是，你們這些螻蟻都太可惡了，可惡、可惡！」

妖力隨著怒吼噴射出來。

神將們全力壓制。神氣的浪潮形成相生的軌跡，鞏固了畫出十二芒星的魔法陣。

無法動彈的鬼人發出憤怒的咆哮聲，迸射出邪惡的鬼氣，在神將們的腳下一一爆裂。

晴明把右手從釧印中拔出來，唸起九字真言。

「臨、兵、鬥、者、皆、陣、列、在、前！」

然後是封之印。

「將牽制橘家小姐之怪物囚禁於此，無上靈寶！」

唸完後，鬼人就被死死綁住了。

目光如炬的眼睛狠狠盯著晴明。

晴明喘口氣，踉蹌了幾步。

可怕的妖力繼續與神氣纏鬥，相互抗衡。

「喂，晴明……！」奮力壓制鬼人力量的太陰慘叫起來。「要這樣持續到什麼時候啊？快撐不下去啦！」

晴明震撼地環視神將們，發現不只太陰，所有神將都撐到極限了，狀況最嚴重的是玄武。支撐他的水將天后，臉色也發白了。

配合較弱的同袍，威力就會減弱。以目前狀況來看，只要相互牽制的均衡瓦解，鬼人就會復活。

而且據說鬼人是不死之身。

「該怎麼做呢……」

苦惱的晴明，眼角餘光看見被法術困住的鬼人的手竟然動了。
不只縛魔法，任何法術都一樣，成果最終還是決定於術士的力量。
神將們如果可以發揮在異界時呈現的力量，就不會陷入這樣的困境。
這一切都要怪晴明的力量不足。
沉睡於血液中的天狐之力毫無意義，他需要的是身為陰陽師的本事。
鬼人忽然笑了。
「來，過來吧……我的妻子。」
嘎噹一聲。
晴明不由得轉頭看，在他前面站起來的女孩，有雙冰冷的眼眸。
女孩面無表情，搖搖晃晃地踏出步伐，走過晴明身旁，往鬼人走去。
「橘小姐，等等！」
晴明抓住她的手，瞪著鬼人說：
「快解除她身上的法術！」
鬼人放聲大笑。
「我沒有對她施法，我只是給了她祝福，她就被迎入了夜之一族，成為我的妻子。」
笑得飄飄然的鬼人露出了尖牙。
「只要我活著，她就會活在黑夜的世界。」
鬼人是不死之身，只要它活著……

晴明不寒而慄。

「橘小姐……」

女孩沒有回頭，她的雙眼只看著鬼人，看也不看晴明。

他知道，他都知道，期望也沒有用，再怎麼求也求不到，再怎麼思慕也不會有結果。

太遲了。來不及了。當晴明在此岸與彼岸的狹縫間徬徨徘徊時，女孩的心已經被困在黑暗中了。

費盡千辛萬苦才收為使令的十二神將，也沒有意義了。

鬼人使出渾身力量，試圖掙脫法術。奮力壓制鬼人的神將們放出來的神氣，漸漸被推開。

晴明鬆開了手，女孩又搖搖晃晃地往前走。

就在這時候。

「晴明，你這個笨蛋——！」

響起一聲怒吼。

所有人的視線都集中在同一個地方。

晴明愣愣地低喃：

「岦齋？」

全身被抓得傷痕累累、氣喘吁吁的岦齋，踢開瓦礫衝過來。

「終於找到你了。喂！十二神將，你們把我關在結界裡就那樣走了，是想怎樣？」

被天一和太裳丟在結界中的岦齋，花了好長的時間才摧毀了結界。好不容易摧毀了結界，四周的野獸、蟲子卻一湧而上。岦齋撥開牠們，把牠們摔出去，再用退魔法炸飛牠們。

受到神氣與妖氣的浪潮影響，附近彌漫著動盪不安的氣息。岦齋設法突破重圍後，就在這樣的氛圍中拚命往前衝。

胸口一陣灼痛，岦齋心想不好了。符咒的效果逐漸減退了。他動得太劇烈，傷口已經裂開，符咒都被滲出的血弄髒了。

岦齋大步走向呆呆佇立的晴明，用力吸口氣說：

「快，快打倒那個怪物，把橘家小姐帶回去啊！晴明。」

「……」

晴明沒接話，岦齋微眯起眼睛，狠狠給了他一巴掌。

「古今中外所有怪物都很會胡說八道，你怎麼可以被說動呢？我們是陰陽師啊！」

晴明反手按住被甩了一巴掌的臉頰，岦齋又激勵他說：

「哪有不會死的怪物呢？凡是有生命的東西都難免一死，它絕對有什麼弱點，譬如水或是火。」

聽岦齋這麼講，晴明猛然想起一件事。

剛才鬼人不是說過嗎？

——被釘入木樁的她……

晴明的眼睛亮了起來。

他又抓住女孩的手，把她拉回來，毅然決然地瞪著鬼人說：

「你是說只要你活著嗎？那麼，你死了，她就能恢復正常了。」

「是這樣啊？」

叫出聲的是岦齋。鬼人露出惡鬼般的猙獰面孔斜睨著晴明。

「不要碰我的妻子，你這個螻蟻！」

鬼人像詛咒般大吼大叫，晴明不理它，轉身往岦齋的頭敲下去。

「好痛！」

「這是回你剛才那一巴掌。」晴明把女孩推給岦齋，轉身說：「十二神將，你們再撐一下！」

女孩又搖搖晃晃要走向鬼人，岦齋趕緊抓住她，看到她脖子上的兩個傷口。

「這是……牙齒的痕跡？」

岦齋想起大陸怪物的傳說，總算知道是怎麼回事了。原來這個怪物是鬼人，來自海的那一邊。

聽說被吸了血的人，會任憑牙齒的主人擺佈。鬼人在呼喚她，所以她要聽鬼人的話過去。

神將們的結界不會讓她通過，可是一般人碰觸到神氣的漩渦，不可能沒事。

女孩面無表情地掙扎著，岦齋阻止不了她，只好放開她結印。

「縛！」

女孩全身僵硬，定住不動了。

神將們都假裝沒看見，因為這樣總比讓她在這裡跑來跑去好。

看鬼人的樣子，是被縛魔術困住了。但是，怪物的力量顯然略勝術士一籌。

安倍晴明加上神將的力量，都沒辦法把它完全降伏，真是名副其實的怪物。

鬼人露出陰森恐怖的笑容。

岦齋顫抖著面向鬼人，雙手合十擊掌。

晴明一定會回來。他離開時好像想到了什麼，所以必須替他爭取時間，等他回來。

「我的能力雖然不及安倍晴明，但也是個陰陽師。」

怪物憤怒得表情扭曲。

「困困困，至道神勅，急急如塞，道塞，結塞縛，不通不起，縛縛縛律令！」

岦齋邊唸，邊用刀印在半空中寫秘符。

具體成形的秘符，捆住了鬼人。

這時候，晴明在廢墟中找到可以替代木樁的東西，又回來了。

鬼人的臉色驟變。看到它那樣子，晴明確定自己的直覺是對的。

怪物被新的縛魔術綁住了，站在岦齋身旁的女孩也定住不動，晴明看到她那樣子，臉色不太好看。

鬼人被神將們的神氣與鬼氣包圍著。要接近它，必須把那些統統驅散。

「十二神將，解除包圍。」

聽到這句話，連十二神將都滿臉錯愕。但是晴明堅定的眼神，讓他們無法提出異議。

成為中心的天空，用手中的枴杖敲擊地面。

力量的狂流瞬間奔瀉四出。

「唔哇……！」

岦齋趕緊為自己和女孩築起保護牆。

晴明在狂流中奮力前進。妖氣的浪潮襲向他，再加上神將們的力量，晴明不要說前進了，連呼吸都很困難。

筋疲力盡的身體，早已超越體力極限，沒辦法再前進了。

一直不敢面對而逃避到現在，難道還是以失敗收場嗎？

至今以來，他都活在狹縫間，被變形怪的氣息薰染，不斷游向彼岸。

他告訴自己，這就是天命，不願意坦然面對自己的真心。

現在，他必須為此付出代價嗎？——不。

夙願、慾望、愛戀……

這些都還沒開始，怎麼可以在這裡畫下句點呢？

在鬼氣的浪潮中，鬼人擊碎了所有法術，眉開眼笑地揚起嘴角，宛如新月般的嘴巴，清楚露出了兩根犬齒。

震耳欲聾的高八度尖銳聲音，從鬼人的喉嚨迸出來。

自以為勝利在握的鬼人，縱身撲向了晴明。神將們忙著驅散鬼氣，反應慢了半拍。
晴明注視著鬼人，長期棲宿在他眼中的陰霾消失了，綻放出宛如熾烈火焰般的光芒。

剎那間。
耳朵深處響起低沉的聲音。
《去——！》
身體忽然被熱氣包圍，阻斷了妖力的浪潮，行動變得輕盈了。
那是第一次聽見的聲音，但是晴明憑直覺認出那是誰的聲音。
晴明握著木樁，衝破妖氣與神氣的風，往前奔馳。
鬼人露出了尖牙。
「你休想——！」
鬼人揮舞的長長爪子被灼熱的鬥氣擊碎，晴明趁這時逼近怪物，使出渾身力量把木樁刺進怪物的左胸。
「這……這是……！」
鬼人瞠目結舌。
木樁前端插著一張紙。
紙上有罕見的文字、圖案，還畫著紅色的五芒星。
它看過。這是不分古今中外，用來除魔的神聖印記。

碰觸到五芒星的地方冒出白煙。

鬼人聽到沉悶的聲響，那是血從自己喉嚨溢出來的咕嘟聲。

晴明往後退，雙手合十擊掌。

「萬魔拱服，急急如律令！」

然後晴明大叫：

「紅蓮——！」

十二神將最強的鬥將，現身在洶湧的波動中。

鬼人瞪大了眼睛，視線越過神將們、晴明和岦齋，焦點集中在某處。

女孩蒼白的臉上沒有表情、沒有血色，失去光彩的雙眸的確正看著鬼人。

異國之鬼奮力伸出逐漸無力的手，發出不成聲的吶喊。

「噫……！」

不斷思戀、追逐、尋找，終於在天涯海角的這個島國，找到心愛的伴侶。

那個靈魂確實棲息在久遠前消失的身影裡。

只差一點，就能再次擁抱她、親吻她，與她共度永生永世的歲月。

這樣就夠了。除此之外，它什麼也不要，什麼也不期望。

急速失去光芒的雙眸，只剩下驚心動魄的孤獨與一往情深的愛慕。

十二神將騰蛇清楚看見了。

「——」

神將俊秀的臉上，剎那間蒙上了陰霾。
騰蛇的火焰舞動著，火浪交錯纏繞，化為無數的火星。
在視野被黑暗淹沒之前，異國之鬼的確看見了。
體內棲息著心愛伴侶靈魂的女孩，流下一行清淚。
還有數不清的紅蓮，在黑暗中嬌豔地綻放。
鮮紅的火星纏住了在虛空中掙扎到最後的指尖。
「……──」
紅蓮的火焰轟然膨脹，將鬼人吞噬，形成直衝天際的火柱。

## 9

被可怕的手抱住，脖子碰觸到冰冷的牙齒時，她隱約看到了朦朧影像。

煙霧迷濛的遙遠前方，是不絕於耳的叫喚聲、搖晃著的火把火焰。

她被拉著手拚命往前跑，跑到沒力氣再跑，就被抓住了。

男人高高舉起木樁，滿臉憤怒地大叫著：「把我女兒還來！」

太陽快升起了。煙霧前的天空，逐漸發白、發亮。

她潸然淚下。

在陽光下漫步的日子，已經很遙遠了。

她不後悔接受牙齒的祝福，從此生活在黑夜中。

所愛的人，抱起了她逐漸瓦解化成灰燼的身體。

她思戀那雙手。

然而，也期望再度沐浴在陽光下。

隨著身體消滅，這個生命也將終結，終於可以迎接終結了。

是否可以向神許願呢？她願意以這次的死，為誤入歧途贖罪。

如果可以的話，她只有一個願望。

那就是能再見到朝陽。在燦爛的陽光中，笑著與所愛的人相依偎。
緊閉的眼睛深處，浮現陌生的面孔。
因為逆光而形成黑影的這個人，將會是我傾慕的人吧？
所以……

我會在這世上太陽最先升起的地方等著你——

◇　◇　◇

晴明和豈齋虛脫地癱坐在瓦礫中。
在鬼人被消滅的同時，女孩也閉上眼睛，倒了下來。晴明讓她躺在深色的靈布上，再蓋上自己的狩衣。
筋疲力盡的晴明，手腳都癱軟了。豈齋也滿臉蒼白，垂著頭。
直到剛才，他們還忙著逐一降伏從沉睡中醒來，蜂擁而上的亡者。
建築物幾乎全毀，千瘡百孔，幸虧沒有人住。
「天快亮了……」
豈齋抬起頭，喃喃說著。晴明沒有回應，把視線移向蒼白的臉。
橘家小姐閉著眼睛，身體動也不動。

她的心總不會跟鬼人同歸於盡了吧？總不會最後沒有救到她吧？

晴明心中充斥著這樣的不安，一句話也說不出來。

東方天際變了顏色，漸漸轉為魚肚白。

這是岦齋第一次在仇野迎接黎明，他暗自發誓，再也不做這種事了。

胸口陣陣灼痛，可是已經沒有止痛符了。

「喂，晴明……」岦齋看晴明沒反應，邊觀察他的神情邊接著說：「你不會正好帶著護符吧？」

晴明的臉被凌亂散落下來的頭髮遮住，看不見表情。

岦齋又不死心地追問：

「如果你身上有止痛符，就分一點給我吧，我會很感激你。不過，應該沒有吧，我想也是……」

「有——」

「說得也是，怎麼可能……咦，你有？」

晴明從衣襟抽出護符，粗魯地塞給他。

岦齋急忙接過來，感動得淚水盈眶。

「你太厲害了，晴明，這種時候也會做萬全的準備，我就不客氣了！」

晴明斜眼看著匆匆把護符貼在傷口上的岦齋，皺起了眉頭。

從岦齋的衣服縫隙，可以看到好幾張被血弄髒的護符。

「那些傷是怎麼回事？」

「哦，出了點事。啊，果然有效。」

笑逐顏開的岦齋，發現橘家小姐動了一下。

「啊，晴明，你看。」

岦齋向晴明揮揮手。晴明屏住呼吸，搖搖晃晃地走過去，在女孩身旁單腳跪下來。

女孩低吟幾聲，緩緩張開了眼睛。徬徨無助的飄忽視線，沒多久後落在晴明身上。

「……」

因為背對著終於升起的太陽，晴明在逆光中形成陰影。

女孩瞇起眼睛，淚水從眼角滑落。

感覺作了好長好長的夢。

依稀記得的景象逐漸淡去，隨著淚水一起從記憶流出去了。

晴明看到女孩無聲啜泣著，慌張得不知道該說什麼。

岦齋不得不開口說：

「小姐，請放心，晴明已經徹底消滅那個怪物了。」

橘家小姐默默移動視線，看到了岦齋。

「把怪物……？」

「嗯，是啊，就是這個晴明保護了妳。」

岦齋挺起胸膛，似乎很得意兌現了自己之前說的話。

女孩慢慢爬起來，晴明笨手笨腳地扶住她。

好不容易爬起來後，女孩喘口氣，還是忐忑不安地看著晴明。

「不會再發生可怕的事了，對吧？晴明。」

被豈齋點名回答的晴明點點頭，視線停在女孩的脖子上。

那兩個傷口讓人擔心。晴明對大陸的怪物不太了解，不敢想得太樂觀。

「請問，怎麼了嗎？……」

女孩疑惑地偏起頭。晴明眨眨眼，搖搖頭說：

「沒什麼，怪物的確被完全消滅了，請放心，小姐，回家後也請轉告老先生、老夫人……」

晴明發現女孩的表情變得陰暗，訝異地歪著頭問：

「小姐，有什麼煩惱的事嗎？」

女孩按著額頭說：

「頭有點痛……自從那位公子出現後，一直有點痛……」

有種好像自己不是自己的奇怪感覺，一直折磨著她。

彷彿所有事都發生在夢境般的遙遠地方。

喜悅、悲哀、快樂、憂愁，都那麼不真實，恍如自己不是活在這世間。

但是，長期以來的這些感覺，現在忽然淡了、模糊了。

是破心香的關係吧？豈齋聽完她的話，這麼暗自咕噥著。

太陽升到山頂了。在陽光照耀下，四周很快亮了起來。
女孩猛然從晴明身上撇開視線。晴明被她突然的舉動，攪得不知失措。
「小姐，妳怎麼了？」
「呃……你怎麼什麼都沒穿呢？」
她說得沒錯，晴明的確只穿著一件單衣。
剛才一片混亂，天色又暗，所以大家都沒注意到。
豈齋代替張口結舌的晴明回答：
「小姐，現在放在妳膝上的衣服就是這傢伙的，該還給他了。」
這時候女孩才發現，自己抓在手上的布是男人的狩衣。
晴明穿上女孩還他的衣服，喘了一口氣。
然後，他稍微鼓起勇氣說：
「可以的話，讓我送妳回家吧……」
女孩看著晴明。豈齋插嘴說：
「把她丟在這裡，我們自己離開，更不可以吧？」
晴明不理他，默默看著女孩。
一直以來，他都不想跟人有任何牽扯。
他徹底放棄了所有的希望、期盼，欺騙自己沒有那種東西存在。
藉由欺騙來保護自己。

他不知道還能在此岸待多久。這麼做，當他哪天去彼岸時，才不會有眷戀。或是最後沉沒於幽暗水底時，不會被人看見他淒慘的模樣。

因為他期盼黑暗，所以棲宿在黑暗中的變形怪女人才會找上他。他對那個女人只有同情與憐憫，沒有愛情與戀情。

其實他很清楚，這是多麼空虛的事。

在狹縫間搖來擺去，可以什麼都不看、什麼都不聽。

走出狹縫，不知道需要多大的勇氣。

最終會墜入變形怪世界，是他的天命。

然而，如今他卻開始有了顛覆天命的想法。

伸出去的手太過骯髒污穢，不知道是否能被接受。

但他還是要嘗試。

「小姐……」

女孩投以詢問的眼神，晴明用力扯開喉嚨說：

「我該怎麼稱呼妳……」

聽到晴明說這種話，豈齋猛眨眼睛，興致勃勃地等著女孩回答。

橘家小姐直視著晴明說：

「我叫若菜。」

「若菜……小姐。」

詢問名字的意義、回答的意義、叫喚名字的意義。
晴明與若菜彼此都了解。
若菜點點頭，微微一笑。
「是……晴明大人。」
這是晴明第一次看到她的笑容。
而女孩也把自己的手，疊放在晴明畏畏縮縮伸出來的手上。

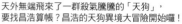

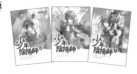

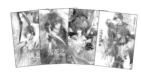

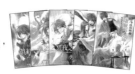

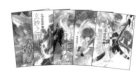

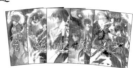

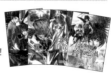

國家圖書館出版品預行編目資料

大陰陽師 安倍晴明：我將顛覆天命 / 結城光流著
; 涂愫芸譯. -- 初版. -- 臺北市 : 皇冠, 2013. 3[民
102].
面; 公分. --(皇冠叢書; 第4293種) (YA ! ; 046)
譯自：我、天命を覆す　陰陽師・安倍晴明
ISBN 978-957-33-2973-2(平裝)

861.57　　　　102001320

皇冠叢書第4293種
YA ! 046

# 大陰陽師 安倍晴明

## 我將顛覆天命

**我、天命を覆す**
**陰陽師・安倍晴明**



作　　者—結城光流
譯　　者—涂愫芸
發 行 人—平雲
出版發行—皇冠文化出版有限公司
台北市敦化北路120巷50號
電話◎02-27168888
郵撥帳號◎15261516號
皇冠出版社(香港)有限公司
香港上環文咸東街50號寶恒商業中心
23樓2301-3室
電話◎2529-1778　傳真◎2527-0904
美術設計—王瓊瑤
著作完成日期—2010年
初版一刷日期—2013年3月
初版六刷日期—2016年5月
法律顧問—王惠光律師

讀者服務傳真專線◎02-27150507
電腦編號◎515046
ISBN◎978-957-33-2973-2
Printed in Taiwan
本書定價◎新台幣250元/港幣83元